香山承文脉　　好书读百年

从"新"出发

中山市创新驱动全景纪实

谭华健 著

南方出版传媒
广东人民出版社
·广州·

图书在版编目（CIP）数据

从"新"出发——中山市创新驱动全景纪实 / 谭华健著. —广州：广东人民出版社，2016.1

ISBN 978-7-218-10740-0

Ⅰ.①从… Ⅱ.①谭… Ⅲ.①报告文学－中国－当代 Ⅳ.①I25

中国版本图书馆CIP数据核字（2016）第026983号

CONG XIN CHU FA—— ZHONGSHANSHI CHUANGXINQUDONG QUANJINGJISHI
从"新"出发——中山市创新驱动全景纪实

谭华健 著

版权所有 翻印必究

出 版 人：曾 莹
责任编辑：李锐锋 陈 雯
排版设计：友间文化
封面设计：蓝美华
选题策划：广东人民出版社中山出版有限公司
策　　划：何腾江 吕斯敏
电　　话：（0760）89882926　（0760）89882925
地　　址：中山市中山五路1号中山日报社7楼（邮编：528403）

出版发行：广东人民出版社
地　　址：广州市大沙头四马路10号（邮编：510102）
电　　话：（020）83798714（总编室）
传　　真：（020）83780199
网　　址：http://www.gdpph.com
印　　刷：广东信源彩色印务有限公司
开　　本：787mm×1092mm　1/16
印　　张：13.5　　　　　字　数：214千字
版　　次：2016年2月第1版　2016年2月第1次印刷
定　　价：49.80元

如发现印装质量问题影响阅读，请与出版社（0760-89882925）联系调换。
售书热线：（0760）89882925　邮购：（0760）89882925

中山要坚定不移地依靠创新驱动实现新一轮发展，切实转变工作思路，围绕创新驱动发展谋划和推进经济社会发展各项工作。要认真研究翠亨新区的功能定位和产业布局，把新区打造成为科技创新和高新技术企业的集聚区。要积极探索推动专业镇转型升级的路径和方法，加强技术改造和科技创新服务平台建设，为全省专业镇转型升级提供借鉴。要在珠江西岸先进装备制造产业带建设中找准定位，明确产业发展方向，摸清装备制造的家底，面向欧美等发达国家，精准招商，重点引进装备制造核心技术，中山要走高精尖的路子，要"轻"一点，像瑞士精密制造那样。不要一味跟人比大，要比高、比精、比尖，实现从制造产品向制造装备转变。要以培育高新技术企业为抓手，加大研发投入，大力发展新型研发机构，推进孵化器建设，培育出更多的高新技术企业，推动创新驱动发展落到实处。

——中共中央政治局委员、广东省委书记　胡春华

坚持主题主线，是广东前途所系、命运所系。转型升级既是一场攻坚战，也是一场持久战。必须认识到，我们的转型升级，最终是为了实现速度、质量、效益相统一，为了实现群众企盼的永续发展，把握发展速度必须与提高质量效益相协调，与资源环境保护相协调，与可持续发展相协调。

中山要增强发展自信，坚定推进转型升级。认准了的方向不要随便改，不要半途而废。让这辆"好车"真正转上科学发展的康庄大道，到那条路上一定是风光无限。

——中共广东省委副书记、省长　朱小丹

"四大抓手"表现的是创新链条上四大创新要素的关系，体现了创新发展的内在规律。其中，知识产权是技术源头，新型研发机构、科技企业孵化器是技术产业化的载体，高新技术企业是最终的成果。形象一点说，"四大抓手"就像是一棵树，知识产权是树根，新型研发机构、科技企业孵化器是枝干和树叶，高新技术企业是果实。只有根系发达、枝繁叶茂，高新技术企业才能硕果累累。

——中共中山市委书记、市人大常委会主任　薛晓峰

（"四大抓手"是高新技术企业、新型研发机构、科技企业孵化器和知识产权。）

创新是永远的主题，尤其是在中山，专业镇要"长生不老"，必须要抓好创新这个主题。创新是无止境的，创新对推动产业升级和稳定发展具有重要性，省委省政府把创新驱动发展战略作为核心战略来抓，我们要按照省委省政府决策和部署，大力实施创新驱动战略，推动中山新一轮大发展。

——中共中山市委副书记、市长　陈良贤

序

当今世界，科学技术日益成为经济社会发展的主要驱动力，科技创新和产业发展的相互结合，经济全球化和信息化的交叉发展，为我们带来了新机遇新挑战。党的十八大报告明确提出，要实施创新驱动发展战略，强调科技创新是提高社会生产力和综合国力的战略支撑，必须摆在国家发展全局的核心位置。党的十八届五中全会通过的《中共中央关于制定"十三五"规划的建议》，把"创新"放在了前所未有的战略地位。

习近平总书记指出，实施创新驱动发展战略，最根本的是要增强自主创新能力，最紧迫的是要破除体制机制障碍，最大限度解放和激发科技作为第一生产力所蕴藏的巨大潜能。面向未来，增强自主创新能力，最重要的就是要坚定不移走中国特色自主创新道路，坚持自主创新、重点跨越、支撑发展、引领未来的方针，加快创新型国家建设步伐。

省委书记胡春华同志指出，要全面贯彻落实党中央和习近平总书记对广东工作的新要求，把创新驱动发展摆在经济工作的首要位置，作为主战略和总抓手，把创新驱动对结构调整和转型升级的作用发挥出来。通过一个时期的努力，真正使我省经济走上创新驱动发展的道路，形成广东发展的新优势和核心竞争力，实现凤凰涅槃。

贯彻落实中央和省委部署，中山市委十三届八次全会确立了实施创新驱动发展的核心战略，以创新驱动统领和推动中山新一轮发展。我们深刻认识到，实施创新驱动发展战略，是顺应全球经济发展新趋势、新变化、新常态的必由之路；是解决中山发展深层次结构性矛盾，实现可持续繁荣的战略抓手；是突破当前专业镇发展瓶颈，建设新型专业镇的必然选择；是发挥香山文化优势与产业基础优势的实践载体。无论过去、当前、今后，创新都是支撑中山发展的原动力所在。

中山历史悠久，人杰地灵，岭南文化乃至中国近现代文化中敢为人先、开放创新的特质就肇始于中山。正是在这方水土的滋养下，在这种独特的创新文化、商业文化、南洋和中原交融文化的浸润中，孕育出了孙中山、容闳、郑观应、唐绍仪、马应彪、王云五等为代表的一大批历史名人，在中华民族发展历程上留下了光辉的印记。

改革开放以来，中山人民发扬敢为人先的精神，推动经济社会快速健康发展，成为当时全国知名的广东"四小虎"之一。经济总量连续跻身广东省21个城市的前列，经济发展质量位居全省第二位。中山城乡居民收入比为1.5∶1，差距为广东省最小。中山先后获得联合国人居奖、全国文明城市、全国科技兴市先进市、国家生态市、中国最具幸福感城市、全国社会治安综合治理"长安杯"等多项荣誉。这些成绩的取得，归根结底就在于我们倍加珍惜"敢为天下先"的精神财富，努力把这一优秀因子熔铸为这座城市的血脉和灵魂，不断在创新发展的道路上开拓前行。在创新驱动成为发展主题的今天，中山必须继续勇立潮头、锐意进取，谱写出无愧于时代、无愧于人民、无愧于历史的业绩。

正值我市大力实施创新驱动战略之时，中山日报报业集团、广东人民出版社及时策划了《从"新"出发——中山市创新驱动全景纪实》一书，把握了时代发展主旋律，紧扣时代发展脉搏，适逢其时。该书聚焦了中山自古代香山海上丝绸之路起，经历下南洋、培育近代杰出英才，以及新中国成立之后、改革开放以来，中山在经济领域所表现的"敢为天下先"的创新精神，特别对近年来全市创新驱动发展的政策、成果等进行了一次很好的梳理。作品剖析了中山与生俱来的创新因子，讲述了全市高新技术产业发展的历程、专业镇的转型升级、科技型企业孵化器的建设、创新团队的引进、海外归国人员创业以及中山未来战略平台翠亨新区等精彩个案，展现了科技体制改革所释放出的创新力，可以说对中山大地的创新精神和创新实践进行了一次全景式、立体式、多元化的记录和解读。该书既可以作为市委、市政府推动创新驱动发展的参考，也将对各个镇区、科技创新主管部门、创新型企业的发展带来思想的启迪。

今年是孙中山先生诞辰150周年，我市将举行主题为"发展是最好的纪念，创新是最好的继承"的系列纪念活动。今年也是"十三五"规划的开局之年，我们又一次站在创新发展的新起点上。立足中山实际，市委、市政府把高新技术企业、新型研发机构、科技企业孵化器和知识产权作为创新驱动发展的核心要素和关键抓手，动员全市"政、产、学、研、金"各类创新主体戮力同心，牢牢扭住"四大抓手"这一创新驱动发展的"牛鼻子"，加大科技创新支持力度，确保在今年底实现高新技术企业、新型研发机构和科技企业孵化器数量、发明专利申请量"四个翻番"，并通过5年的努力，到2020年实现"四大抓手"指标比2015年再翻一番。我们深信，在全市创新驱动发展的核心战略下，中山必定会涌现出更多的自主创新的高企、名企，高新技术产业必将迎来蓬勃发展。祝中山早日阔步走到全省甚至全国创新驱动发展的前列。

是为序。

薛晓峰
2016年1月

（作者系中共中山市委书记、市人大常委会主任）

目录

第一章 创新基因与生俱来 / 1
一、敢为天下先 / 2
二、"不走回头路" / 6

第二章 伟人故里点亮"科技之光" / 12
一、在一片滩涂上办高新区 / 13
二、打开高科技大门 / 18
三、高新区是姓"科"的 / 19

第三章 海归创业 情定中山 / 25
一、自主培养两名"千人计划"入选者 / 26
二、沃顿商学院高材生 "一见钟情" / 29
三、有一种在硅谷上班的感觉 / 32

第四章 专业镇加点"智慧"更灿烂 / 41
一、"玩"出来的专业镇 / 42
二、转型升级有了"试验田" / 45
三、绿色崛起下的"美丽中山" / 53

目录

四、用好自己的"大宝贝" / 58
五、"全域中山"打破"天花板" / 65
六、省委书记点赞"五子模式" / 73
七、"1+7创新工程"增添新动力 / 84

第五章 高企打响"科技牌" / 87
一、"老字号"背后的力量 / 88
二、"关灯无人工厂"来了 / 94
三、给世界500强企业配套 / 103
四、省政府百万元重奖"隆成" / 106

第六章 科技体制改革释放创新力 / 111
一、"四不像"破解经济、科技"两张皮" / 112
二、全市首张科技创新券 / 118

第七章 战略性新兴产业登上国际舞台 / 124
一、健康产业的"千亿梦想" / 125
二、借科技之力走出"国门" / 135

第八章 院士回乡带来"集聚效应" / 144
一、"老顽童"的"光纤人生" / 145
二、借"智"弥补创新资源"短板" / 151

第九章　孵化器演绎"激情与梦想" / 156
一、中山的"三螺旋"创新模式 / 157
二、创业者来了就不想走的城市 / 162

第十章　创新，才能赢未来 / 169
一、"三个适宜"的提出 / 170
二、企业家要敢"赌" / 172
三、中山产业多些"高精尖" / 177
四、"珠西战略" / 184
五、创新之树常青 / 193

后　记 / 200

第一章
创新基因与生俱来

"辛苦遭逢起一经,干戈寥落四周星。山河破碎风飘絮,身世浮沉雨打萍。惶恐滩头说惶恐,零丁洋里叹零丁。人生自古谁无死,留取丹心照汗青。"

这是1279年,南宋状元郎、一代大臣文天祥经过伶仃洋时挥笔写下的诗作。

伶仃洋亦称作零丁洋,是珠江最大的喇叭形河口湾,在其周边有深圳市、珠海市、广州市、东莞市、中山市以及香港和澳门等经济发达地区,地理位置十分重要。

中山,古称香山,位于伶仃洋畔。从1152年南宋年间设置香山县至今,这里文脉兴盛、群贤毕至、名人辈出。伟大的革命先行者孙中山先生,就是从这里走向世界,开启了一个新的时代。

历史上,香山地区经历了浩浩荡荡的"下南洋"潮,中山也因此成为中国著名的侨乡。香山海洋文化的深厚底蕴,铸造了香山人敢为天下先,勇于创新奋进的精神品质。诸多名人志士大放异彩,使中山成为国内较早具有现代意识和国际视野的城市。

改革开放以来,中山人传承"敢为天下先"的精神,创造出第一家中外合作的旅游宾馆、中国内地第一个高尔夫球场、东南亚地区规模最大的游乐场等多个全国第一。

一、敢为天下先

晚清时期，中国政局风雨飘摇，战乱不断，列强欺凌。无数华人迫于生计，背井离乡，涌入"下南洋"的大潮中。

2011年3月3日，40集电视剧《下南洋》在央视电视剧频道推出。这是大型电视剧《下南洋》第一集里的镜头。

"闯关东"、"走西口"、"下南洋"，被并称为近代中国的三次移民潮。《下南洋》这部反映"中国近代史最著名的三次人口迁徙之一"的电视剧，由沈好放导演执导。该剧将时间背景定在清末民初，以两个家族为线索，讲述岭南儿女漂洋过海，彻底改变自己和家族的命运的故事。而广东中山成为摄制组当时主要取景拍摄地之一。

中山市位于珠江三角洲中南部，珠江口西岸，是全球华人敬仰的中国民主革命先行者孙中山先生的故乡，是中国少数几个以伟人命名的城市之一。总面积近1800平方公里，常住人口300多万，旅居世界80多个国家地区的华侨和港澳台乡亲达80多万人。

中山在汉代属番禺县地，东晋时为东官郡地，唐代为东莞县地。南宋绍兴二十二年（1152年）设香山县。为了纪念孙中山先生，1925年香山县易名中山县。1983年12月，经国务院批准中山县改为中山市（县级市）。1988年1月，经国务院批准升格为地级市。

香山，因盛产沉香等各色花卉、香飘百里而得名。这里的居民自古以来就与海打交道。这里也是宋代大臣文天祥所作《过零丁洋》描写的地方。

1279年，文天祥经过零丁洋时写下此诗言志："辛苦遭逢起一经，干戈寥落四周星。山河破碎风飘絮，身世浮沉雨打萍。惶恐滩头说惶恐，零丁洋里叹零丁。人生自古谁无死，留取丹心照汗青。"

15世纪以来，"黄金热"、"世界热"、"香料热"成为驱使欧洲人一次次远洋探险寻找"新大陆"的强劲动力，"地理大发现"开启了世界海洋贸易新时代。16世纪是全球化的肇始时代。1553年，葡萄牙人租住的香山澳门很快发展成为东方的国际贸易中心。葡萄牙、西班牙、荷兰、英国、法国、瑞典、美国等不少外国商船经过海上漂泊之后来粤的首站是澳门，然后经大香山地区的珠海、中山，前往虎门，再至广州黄埔港，然后进行贸易。

在2014年的"海上丝绸之路"系列大型采访报道之广州站时,广东省社科院广东海洋史研究中心主任李庆新博士说,莲花塔、琶洲塔和赤岗塔被称为"羊城三塔",是珠江内河航道上过往船舶的重要船标。莲花塔始建于明万历十四年(1586年),琶洲塔始建于明万历二十五年(1597年),赤岗塔始建于明万历四十七年(1619年)。这三个塔被称为广州的"三支桅杆",成为明清两代广州河道上重要的航标灯塔。其实,当年这"三支桅杆"与"大香山"紧紧联系在一起。

李庆新说,当年的"羊城三塔"就充当着"灯塔"的作用。"看到一个灯塔就知道船离岸不远了,看到第二个灯塔就知道离岸更近了,当看到第三个灯塔时就知道可以上岸了。"

海上丝绸之路是指古代中国与世界其他地区进行经济文化交流的海上通道。海上丝绸之路是由当时东西海洋间一系列港口组成的国际贸易网,最早可追溯至汉代。广州从3世纪30年代起成为海上丝绸之路的主港,唐宋时期成为中国第一大港,是世界著名的东方港市。明清两代,广州成为中国唯一

孙中山故居(缪晓剑 摄)

的对外贸易大港，是中国历史上海上丝绸之路最重要的港口，此时的海上丝绸之路在规模、影响等方面都发生重大变化。

《十三行》一书记载：自乾隆二十二年（1757年）保留粤海关到1842年签订《南京条约》确定"五口通商"的80多年间，与香山地区靠近的广州作为中国面向世界的唯一的窗口，获得了与西方物质与文化交流的先机，西方先进的天文学、数学、地理学、炮术、物理学、医学、建筑学、美术等方面的新成就，由西方的传教士先后传入我国，其中大部分学科登陆我国的第一站便是广州。

这对岭南、中国乃至世界都产生了重要影响，直接决定了广州和大香山地区在近代史上的启蒙作用与领潮流之先的重要地位。

李庆新博士说，香山是中国最早加入大航海时代海洋贸易行列的地区，也是最早受西方海洋文化浸染的地区。由于西方文化日益东渐，作为东西文化交汇地广东地区，外来与本土文化间的撞击日益激烈，彼此间的融合也越发加速，广东固有的海洋文化，也愈加生机勃发，扶疏繁茂。这里终于成为中国海洋文化的代表和中心地。

一方面是外国人加速与我国进行贸易、文化等多方面的交往，另一方面，我国南方地区也开始向海外拓展贸易和进行文化交流。其中，南洋就是当时海上丝绸之路的重要区域。

南洋主要指今新加坡、马来西亚、印度尼西亚等东南亚11国。在中国文献中，这一地区先后被称为"南海"、"西南海"、"东西洋"，清代泛称"南洋"。

东南亚与中国山水相连，自古以来便是东南沿海百姓移居海外的主要目的地。早在秦汉时期，即有海商进入东南亚的记载。唐宋时期，中国海商遍布东南亚沿海地区，人口往来频繁。15世纪初，爪哇、苏门答腊等地出现华人聚居区。明中后期，政府多次发布禁令限制出海，但由于海外贸易的兴盛，前往东南亚的人口依然有增无减。然而，真正形成规模并影响至今的移民活动，则是近代以来称为"下南洋"的移民潮。

晚清时期的"下南洋"其过程大致可以分为两个阶段：第一阶段，从1860年代至20世纪初，出现以华人劳工为主体的海外移民潮，即苦力贸易阶段；第二阶段，从20世纪初到1950年代初，是"下南洋"的高峰时期。直到新中国成立后，持续数百年的"下南洋"移民潮才基本停止。

由于与"南洋"地区地缘相近，广东香山地区成了"下南洋"移民潮的重要源头。

1854年，孙眉（孙中山胞兄）出生在香山县翠亨村（今属中山市）。幼年家境贫苦。1871年赴檀香山谋生，后来在茂宜岛垦荒，经营农牧业兼营商业，数年之后，成为当地首富，被称为"茂宜岛王"。1866年，孙中山在翠亨村出生。受岭南文化的影响，孙中山少年时就怀有救国救民的志向。10岁时入村塾读书，受广东人民斗争传统的影响，十分向往太平天国的革命事业。1878年，孙眉寄信回国请母亲带12岁的小弟孙文（孙中山）至檀香山协助其经营业务。

1879年6月，孙中山随母赴檀香山。由于孙中山志在读书，不愿经商，孙眉送他入学读书。在长兄孙眉的资助下，孙中山先后在檀香山、广州、香港等地比较系统地接受了近代西式教育。

与孙中山一样，在这一时期，不少香山少年开始到海外留学或谋生。

1872年9月15日《纽约时报》刊登了一条"旧金山来电"。报道中说，中国政府派送的第一批留学生坐船到了美国。在这30人中有24个来自广东，其中大部分来自香山。随着时间的推移，香山县留学、经商或其他原因而游历海外，或作为华工而侨居海外者，数以万计。

俗话说："有海水的地方，就有广东人。"香山成为中国重要的侨乡。

"海洋文明具有开放性、多元性、原创性和进取精神等众多特征。特别在进取精神方面，由于人从陆地进入海洋本身就意味着一种挑战，征服海洋会培养和激发人的创新和进取精神。"李庆新博士认为，香山海洋文化的深厚底蕴，铸造了香山人敢为天下先，勇于创新奋进的品质。

从1152年南宋年间设置香山县至今，中山文脉兴盛、名人辈出、精英汇集。伟大的革命先行者孙中山先生，就是从这里走向世界，开启了一个新的时代。据史料记载：祖籍香山的历史名人不下100位，涵盖了政治、军事、经济、教育、文艺、医学等领域，其中荣膺某一领域"第一"的名人就有近30位。如我国第一位留美博士容闳，就是我国早期资产阶级维新派的著名代表，在他的主持下，清朝先后派出4批共120名幼童留美，其中三分之一是香山人。《盛世危言》的作者郑观应，中国空军之父杨仙逸，中国第一个女飞行员朱慕飞,中国第一位企业家唐廷枢,中国近代大买办徐润,上海先施、永安、新新、大新等四大百货公司的创始人,一批中国著名大学的校长和一大批文艺体育界的优秀人物,都来自香山。

二、"不走回头路"

翻开《中山志》,关于中山的发展史有这样一段描述:新中国成立后,这段历史,以1979年为界,划为改革开放前和改革开放后两个阶段。1979年到1983年,是中山改革开放的起步阶段。

综观中山解放至1984年的34年,尽管所走过的历程是艰难曲折的,但中山所取得的成就却是中华人民共和国成立前的中山"模范县"无可比拟的。工农业总产值1949年为10963.06万元,1983年为145333万元,后者比前者增长13.3倍,年均增长38.99%;工业产值增长尤为显著:1949年为2106.06万元,1983年为109968万元,后者比前者增长52.2倍。工业产值在工农业总产

邓小平(中)登上罗三妹山说出意味深长的"不走回头路"。(中山市档案局 供图)

值中所占的比重,从1949年的19.21%,提高到1983年的75.67%。至此,中山已成为一个以工业为主体的县,从而具备了撤县建市的条件。

1983年12月,经国务院批准,中山县改为中山市(县级市),1988年1月,经国务院批准升格为地级市。从撤县设市到升格为地级市(中等城市)的转变,在广东算是首先迈开了一步。

1978年,改革的春雷隆隆作响。

党的十一届三中全会拉开了中国改革开放和社会主义现代化建设的大幕,改革开放的春风吹拂中华大地。

在伟人孙中山先生的故乡,中山市人民更是秉承孙中山先生"敢为天下先"的精神,乘着改革开放的春风,在经济建设方面干得热火朝天。

1980年12月28日,由霍英东等人投资的中国内地第一家中外合作企业——中山温泉宾馆,在著名思想家郑观应的故乡——三乡镇开业了。从这一年开始,中山人在改革开放大潮中,不断创造着全国"第一",谱写辉煌的篇章。

霍英东(右二)在工棚里与设计施工人员研究温泉宾馆的建设工作。
(中山市档案局 供图)

1984年，改革开放走完了第一个五年，随之而来的是天翻地覆的变化，但同时也迎来质疑声。面对"姓社姓资"等各种疑问，改革开放总设计师邓小平决定南下看个究竟。

邓小平看了深圳，看了珠海，最后来到中山温泉宾馆下榻。1984年1月27日早上，邓小平提出要去中山温泉宾馆后面的罗三妹山爬爬山。

下山之际，工作人员提出建议："邓伯，还是从原路返回吧，那边的路不好走。"

邓小平摆摆手："不走回头路！"

这句话从罗三妹山上掷地有声地响起，迅速传遍中山大地，进而响彻全中国。

时为中山温泉宾馆的主要负责人、现为中山温泉宾馆顾问的吴励民回忆起那段往事，依然心潮澎湃。

中山改革开放的步伐从那年起越迈越铿锵。

吴励民是1968年来中山三乡当知青的。他回忆道，1984年时，中山的主要道路是105国道，那时105国道都是泥沙路，一到下雨天，根本没法走。特别是外商来中山考察，十分不方便。当时又没有宾馆，外商来考察，主要住在市区的139招待所。就是中山温泉宾馆开业后，由于路窄，路况不好，也不方便澳门、珠海的乡亲、客商来往。

在《霍英东：一颗中国心》的人物传记里面写着一段文字：香港知名人士霍英东先生，一贯热心乡梓公益，关心祖国建设。1984年9月慷慨捐赠2000万港元，资助扩建广珠公路石岐至古鹤路段。工程于1985年4月动工，1987年6月竣工。自此通途坦荡，车流畅顺，大大促进中山、澳门及邻近市县之经济及各项事业发展。霍先生之善举，遐迩感称其德。特建英东亭并勒石，铭诸纪念。

"那次扩建还是霍英东先生出的钱，在旧105国道旁，中山温泉宾馆牌坊对面，现建有'英东亭'。当时在105国道的扩建中，霍英东先生还亲力亲为，十分重视。"

吴励民回忆道，路扩宽之后，温泉宾馆的入住客商也多了，三乡镇也开始成为客商投资的首选之地。20世纪90年代初，宝元、皇冠等大型企业落户三乡，成为三乡经济发展的强大引擎。

自1979年改革开放的大门打开以来，中山的众多年轻人，终于按捺不住年轻好动的心，开始以各种方式"下海"试水。

1980年，小榄人梁伯强为了见识外面的花花世界，直接下海"游"向澳门，1998年他集团属下的"圣雅伦"指甲钳诞生；1982年，古镇海洲村的袁达光和袁玉满从香港购回了几盏"洋灯"，创办了古镇"灯都"首个灯饰厂；1984年，市钢管厂正式从化工机械厂独立，缪怀兴是50名员工之一；1984年，年仅15岁的麦广帆跟着姐姐进入饮食圈，白手起家，打造海港集团；1987年，杨伯谦在自家的旧房子里办起了制衣厂；1988年，欧炳文与四川一家科研单位合作，研发出吸塑顶灯，创办华艺灯饰；1989年，在小榄镇，何伯权、杨杰强等5个年轻人租用"乐百氏"商标开始创业；小榄镇的黄文枝、黄启均等7个年轻人创办华帝燃气具，后来被号称"华帝七雄"……

今天，中山那些响当当的品牌，如海港、华帝、雅居乐等，也就是从那时"萌芽"的。

20世纪80年代至90年代初，中山的经济有多"牛"？看看下面一连串的"第一"就知道其"分量"了。

1980年，小榄镇的黄新文是全国首个被报道的农村"万元户"。

1984年6月15日，市游乐机械设备总厂建成，为我国第一家游艺机专业生产厂家。

1984年8月25日，中山温泉宾馆高尔夫球场建成开业，成为中国内地第一个具有国际水准的高尔夫球场。

1985年，中山温泉宾馆高尔夫球队建立，成为中国内地第一支高尔夫球队。

1985年，威力双缸洗衣机投入市场后，连续6年产销量全国第一。

1987年，小霸王更是以一股"霸王之气"，攻城略地，抢占电脑学习机近80%的市场份额。

1989年，推向市场的乐百氏奶，一炮走红，成为国内乳酸奶市场的第一品牌。

1993年起，凯达精细化工公司生产的"灭害灵"牌卫生杀虫气雾剂获得国家优质产品银质奖，客商抢着要货。

……

在那个激情燃烧的岁月里,近1800平方公里的中山大地上吹响了发展的嘹亮号角。

《中山志》里这样描述1984年之后的那段中山经济史:中山由县建制改为市建制后,从1984年起,在原有的发展基础上,各项事业都随着改革开放总方针的广泛深入和贯彻落实而得到突飞猛进的发展。其速度之快,变化之大,世界瞩目。自80年代中期开始,中山便被誉为广东"四小虎"之一而闻名于世,许多领域在全省以至全国都有一定的影响和地位。

在产品结构上,中山过去是以支农产品为主的,而从1984年转为市建制后,则明显地转向以日用消费品为主。产品由单调、低档逐步转向多元化、系列化、高档化,从而实现了产品结构的升级换代。1984年后,又先后有西郊宾馆、翠亨宾馆、中山国际酒店、富华酒店、京华酒店、中山酒店等12家高级宾馆如雨后春笋般在几年内建成开业。

在这个阶段,工业已形成了两根支柱:一是市属工业的改造和升级,二是乡镇企业的崛起。市属工业的特点是以高新技术产业为龙头,以优质产品为拳头。到1986年,全市新开发产品已达到600多个,其中有14个填补了国家空白,21个填补了省内空白。其中有代表性的名牌大宗产品,如威力牌洗衣机、各种电风扇、微型电机、镀锌钢管、精细化工气雾剂等,成为有力的拳头产品,远销国内外,带动整个工业的发展。由于名牌产品多,因而也涌现出一大批先进企业。1987年,中山糖厂、中山洗衣机厂两家企业荣获国家二级企业称号,占全省4家获奖企业的50%。1989年,中山洗衣机厂获国家一级企业称号,是全国当时公布获此称号的6家企业之一,而且还是中南五省仅有的一家。1988—1989年,又有石岐玻璃厂、精细化工实业公司、新型建筑材料总厂、中山陶瓷厂、铝箔复合印刷厂、华鸿家具厂等6家被定为国家二级企业,另有中山纸厂、中山机械总厂、中山无线电总厂等25家被定为省级先进企业。

乡镇企业在全市工农业总产值中的比重明显上升,到1988年已上升到占45.6%,成为全市国民经济的重要支柱。不少企业的产品在国内外市场颇具声望,如菊花牌琴键开关、永大牌胶粘带的国内市场覆盖率达70%以上。到90年代,中山乡镇企业更上一层楼。其中嘉华电子城还列为全国100家规模最大的乡镇企业之首。到1990年，中山乡镇企业总产值达49.98亿元，是1978年的55倍多，占全市工业总产值的72%，发展速度比市属工业还要快，成为中山经济的"半壁江山"。

说起珠江三角洲，广东"四小虎"是中山人津津乐道的话题之一。

这"四小虎"就是顺德（现为区）、南海、中山、东莞。早在1987年，当时还在新华社广东分社工作的王志纲对"珠三角"进行第一次探秘时，与新华社的同事一起采写了《珠江畔：百万农民大转移》的报道，其中明确提出了广东"四小虎"的概念。

王志纲认为，在"四小虎"中，中山的发展道路是以地方国有经济为龙头，带动全市经济稳步均衡发展的，这里涌现出一批国内外知名品牌。那时，中山市通过抓住几个在全国有名的大型企业集团，注重规模效应，在市场经济的风浪中破浪前行。

第二章
伟人故里点亮"科技之光"

1990年标志着旧时代的结束，新时代的开始。也就是从这一年起，中山与"高科技"三个字结下不解之缘。1990年3月26日，国家科委、广东省人民政府、中山市人民政府三方签署共同创办中山火炬高技术产业开发区的协议。

从此，科技火炬在伟人故里——孙中山先生的家乡熊熊燃烧。

中山原本是一个农业大县，中山火炬高技术产业开发区的创办为中山解决了资金、人才难题，为中山在人才、资金、科技等方面开了一扇大门。

随着高新技术科研成果和外商、外资不断进入，中山火炬高技术产业开发区以其独有的高速度、高效益，在"科技兴工、科技兴市"的发展中写下了光辉的一页。

一、在一片滩涂上办高新区

20世纪80年代,中山人的敢闯敢拼,为中山经济拿下了多个"第一",中山也迎来了党和国家领导人的多次视察。这在无形中提升了中山城市的知名度,为日后中山由"小产业"的辉煌迈向高新技术的发展打下了基础。

1984年5月22日,"中山港对外开放"的消息刊登在《南方日报》和《人民日报》头版。报道说,中山港原名横门港,是珠江口八大门之一,是个水深浪静的天然良港。从这里到香港仅55海里,到澳门仅52海里。

中山港通航时,李练江正在一河之隔的民众船厂当厂长。1995年1月29日,中山市委决定将中共中山港区委员会、中山港管委会改称中共中山火炬高技术产业开发区委员会、中山火炬高技术产业开发区管理委员会,市委常委李练江任中山火炬高技术产业开发区党委书记兼管委会主任。对于中山港的价值,李练江这样评价:没有中山港就没有中山高新区,也没有中山现在的产业。

改革开放前,中山的出口商品以农副产品为主,譬如,"岐江牌"中山濑粉、咸蘑菇、腰果仁、"珠江桥牌"酱油等。直到1976年,工业品仅占出口总值的21.07%。

1996年,中山港客运码头人头攒动。(萧亮忠 摄)

20世纪90年代，中山火炬高技术产业开发区管委会原办公大楼从平地中建起。
（郑锦池　摄）

随着中山由农业县发展为工业市，工业品的出口势头高速发展。中山家用电器厂生产的"千叶牌"电风扇，在港、澳市场初露头角；中山纸厂由来料加工瓦楞纸转为自营生产供货出口，成为创汇"新手"；中山"威力牌"双缸半自动洗衣机也开始出口创汇。

在中山港建成之前，中山大批的出口物资要取道珠海九洲港。后来，借助中山港的便利，中山从一个普通农业县一跃成为以外向型经济为导向的现代化中等城市。依托中山发达的外向型经济，中山港作为缺乏海铁联运的地方港口，早在20世纪90年代末就跻身世界百强、全国十强，而且是十强当中唯一的内河港口，成为港口中的骄傲。

如果说，中山港对外开放，将中山的触角向大海进行了延伸，拉近了中山与世界的距离；那么，1985年中央作出《关于科学技术体制改革的决定》，国家对高科技的重视，就好比给了中山一次"强身健体"，提练内功的好机会。

从20世纪70年代中期起，世界经历了一场前所未有的新技术革命。世界各国把抢占科学技术前沿目标、发展高科技作为进入新世纪后成败与否的决

中山火炬高技术产业开发区办公大楼。
（萧亮忠　摄）

中山港建成营运前从国外订制回来的逸仙湖、翠亨湖两艘双体客船航拍图。
（萧亮忠　摄）

邓小平为中国高科技发展题字。
（萧亮忠　翻拍）

定性因素，从而制定各自的发展目标。

1986年3月3日，王大珩、王淦昌、杨嘉墀、陈芳允四位科学家向国家提出要跟踪世界先进水平，发展中国高技术的建议。这就是后来发展高新技术中有名的"863"计划。该计划旨在提高我国自主创新能力，坚持战略性、前沿性和前瞻性，以前沿技术研究发展为重点，统筹部署高技术的集成应用和产业化示范，充分发挥高技术引领未来发展的先导作用。

1986年3月，邓小平为国家"863"计划题写了："发展高科技，实现产业化"的题词。

"科学技术是生产力"是马克思主义的基本原理。1988年9月，邓小平根据当代科学技术发展的趋势和现状，提出了"科学技术是第一生产力"的论断。1992年邓小平视察南方时，再次强调了"科学技术是第一生产力"的思想。在国家高度重视科技创新的氛围之下，得改革开放风气之先的广东，吸引了无数人才南下。

从1987年至1990年，中山在科技创新方面收获颇丰。据《中山志》记载，这四年间，中山市获各级科学、科技奖185项，其中达到国家和省先进水平并填补空白的有74项。

1990年，中山市委、市政府作出了《关于进一步发挥专业技术人员作用的暂行规定》，给科技人员以许多有利的条件，同年又创办了由国家科委、省、市三级合办的中山高技术产业开发区。这标志着，中山这个原来还是以小农业和小工业为主的南方小城，从此与"高科技"紧紧相连。

已退休的郑锦池在回忆当初创建时的情景时说，当年划定的高新区一带都是水田，条件十分艰苦，建设者硬是把一个个项目引进来。20多年过去了，如今处处都是现代化的工厂、高档写字楼、商业中心，变化真快啊！

作为亲历者和建设者，郑锦池目睹了中山火炬高技术产业开发区从无到有，从小到大的全过程。1991年6月，郑锦池从原张家边区办事处党委副书记调任中山港区办事处党委副书记。同年7月8日，中山港区办事处挂牌成立。爱好摄影的他，拍下许多当年开发建设时的老照片。

1988年，我国政府先后批建了53个国家高新技术产业开发区。当时国家科委计划在广东物色一个合适的地方，但并没有想到把国家级高新区放在中山。而创办高新区，国家是没有多少资金扶持的。国家、省、市三级政府加起来的起步资金大约就是3000万元，对高新区主要是给予政策上的支持。因此国家科委在一些地方考察时，并没有引起当地的兴趣。

时任中共中山市委书记谢明仁、市长汤炳权得知这一消息后，立即做出决策，中山要发展，要从农业向科技、经济强市发展，必须发展高科技产业。中山市委、市政府主要领导人找到国家科委负责人，并当即表示，如果在中山创办高新区，对于资金问题，中山大力支持。国家科委被中山市委、市政府的诚意打动，最后把国家高新区定在了中山。

当时，中山创办高新区有何优势？

郑锦池回忆道：一是中山火炬高技术产业开发区地处中山港，距香港、澳门都很近，1984年中山港对外开放之后，港澳台客户前来联系业务或设厂立业，可以早出晚归，极为方便。二是中山工业基础好。经过20世纪80年代的发展，中山先后从美、英、法、德等10多个国家和地区引进先进生产线280多条，全市有3万多名科技人员，对高新技术有良好的消化吸引能力。三是政策优惠，环境宽松，可建立健全灵活的机制，促进高科技产业发展。四是中山是著名的侨乡，华侨众多，对外贸易兴旺发达，"三来一补"、"三资"企业如雨后春笋般发展，为高技术成果提供广阔的国际市场。这些有利条件，将为实现"高技术成果商品化、高技术商品产业化、高技术产业国际化"提供有利条件。

虽然优势明显，中山市委、市政府也很热情高涨，但光有雄心是不够的。

要发展高新技术产业，对当时的中山来说又谈何容易。郑锦池说，当时27个首批国家级高新区中，与其他的高新区相比，中山高新区显得格外"寒酸"。别的高新区要不就是有好的交通条件，要不就是有很好的产业基础，比如有的高新区原来就是国家兵工厂所在地，有的直接在城市中心开辟出来，专门搞高科技，而中山高新区可以说是全国唯一一个在一片滩涂和荒地上发展的高新区，其艰难程度可想而知。

1983年筹建进港路（现中山港大道）；1985年2月9日，中山港口岸通航；1987年，发展"三来一补"的中山港加工区打下了"第一根桩"。除了这些硬件之外，其他的地方当时都是一片水田，高新区的办公室也是临时租用的。在这种条件下发展高新区，这在全国高新区中是一个特例。

除了上述讲的客观条件十分艰难之外，中山高新区还有一个特别的地方，就是在全国首批的27个国家级高新区中，带有"火炬"二字的高新区只有4家，即中山、威海、厦门、海口。中山在1990年3月创建国家级高新技术产业开发区，1991年经国务院批准，成为实施国家火炬计划的重要基地。

火炬计划就是在开发区之中专搞高新技术产业开发。搞农业高科技的叫星火计划，搞工业高科技的叫火炬计划。1988年8月，国务院作出了实施"火炬计划"的重大决策。"火炬计划"是发展中国高新技术产业的指导性计划。它由科技部组织实施，其宗旨是：实施"科教兴国"战略，以市场为导向，促进高新技术成果商品化、高新技术商品产业化和高新技术产业国际化。

1990年4月6日，时任国家科委主任宋健一行5人来到刚刚创建的中山高新区视察，并为高新区题词"努力办好中山火炬高技术产业开发区"。

1991年3月6日，国务院批准中山火炬高技术产业开发区为国家级高新技术产业开发区并享受一系列优惠政策。

二、打开高科技大门

作为1990年首批设立的国家级火炬高新技术产业开发区,中山高新区经历了一个从小到大,从以招商引资、发展工业为主到工业化与城市化并举的过程。

1990年,阮汉文任张家边区党委书记。阮汉文回忆道,在高新技术项目开发中,中山火炬高技术产业开发区采用"中、中、外"的合作模式:第一个"中"就是中国的科技成果;第二个"中"是中山火炬高技术产业开发区;"外"是指外商或外资。按这个模式,中山四通公司、中山京粤电脑公司等在不到一年的时间里,便成为中山火炬高技术产业开发区内的第一批中外合资高新技术企业。这些企业的产品在市场刚露面,便受到了国内外客户的青睐,成为供不应求的"热门货",充分显示了高技术成果的先进性和高技术产业的强大生命力。

为了形成发展的合力,1993年,市委、市政府将张家边区、中山港区、高新区"三合一",成立中山火炬高技术产业开发区。从创办之日起,在几年时间内,中山高新区取得的成绩,充分体现了中山办高新区发展高新技术产业的路子是正确的。高新区的创办,使中山人在思想观念、市场经济意识方面有了一个质的飞跃。火炬开发区的成立直接促使大批专家、学者、教授

充满生机与活力的火炬区(文智诚 摄)

来到中山，带来了项目、技术、人才，这成为火炬区甚至整个中山不断发展的"助推器"。

在那个科技人才本来就稀缺，发展又十分迫切的年代，科技人才显得更加珍贵。

李练江对人才十分重视。他上任不久，"863"项目的牵头人吴锋也搬到了中山来。吴锋教授来头不小，是国家储能材料工程中心主任、国家电动车专家组成员。李练江回忆说，有一次，去拜访吴锋，万万没想到，进入吴锋的办公室时，吴锋并没有表现得很热情，而是坐在沙发上，也没有站起来迎接，而是冷冷地说了一句"小李，你来了"。

此时的李练江心想：我已经50岁，你吴锋才38岁，整整小了一轮，你还敢叫我小李，心里很不是滋味。但当时李练江并没有表现出一点不高兴。李练江对吴锋说："吴教授，在高科技方面您是我的老师，在您面前我算是'小李'。"

没想到此话一出，吴锋立马站起来，热情握手，与此前相比像完全变了一个人。那天，他们俩谈得很投机。

这个吴锋教授确实不简单。据说，吴锋当时签个名就可以得到国家4000万元的资金扶持。当时火炬开发区刚刚成立，没有资金啊！没想到一番交谈之后，吴锋真的签了名为中山火炬高技术产业开发区争取到一笔科研经费。

后来，李练江专门成立中山火炬高技术产业开发区专家组，组里包括电子、化工、生物工程等方面的专家。通过专家组的成立汇集各方面专家的思路，从而进一步解决了困扰当时发展所需的资金、人才难题。

国家级高新区的创建，为中山在人才、资金、项目等方面打开了一扇大门，为中山发展高新技术迈出了可喜的一步。由于中山高新区的创建，中山经济也开启了从"沿路经济"到"沿海经济"的格局，中山正以高新技术产业拉近与世界的距离。

三、高新区是姓"科"的

自1978年改革开放以来，到90年代时，广东经济已表现得十分活跃。全国呈现出"孔雀东南飞"的景象，广东吸引了一大批技术人才。

1989年，医学检验专业毕业的李泽斌在家乡湖南郴州的一家医院从事检验工作。生活安逸舒适。

1993年，李泽斌毅然放弃别人梦寐以求的检验科主任职位，随第一批南下珠三角的下海大军，参加了中山市举办的首届人才交流大会。

李泽斌回忆道，那是他第一次来中山，幸运的是在那次人才交流大会上便与中山结缘。李泽斌有幸成为中山市首届人才交流现场第一个办调动的外地人。

说起1993年的那次"南下"，李泽斌庆幸当初自己的那股勇气。

正式办好调动后，李泽斌从家乡郴州永兴县调到中山横栏镇医院上班。那时横栏的条件还很差，交通不便，从镇上去一趟市区都得花上一番工夫。李泽斌在横栏医院一待就是8年。

2001年一个偶然的机会，李泽斌放弃了令很多人羡慕的"铁饭碗"，扑通一声"下海"了。他选择在位于中山火炬开发区内的国家健康科技产业基地园区创立中山市生科试剂仪器有限公司（以下简称生科公司）。

国家健康科技产业基地是1994年由国家科委、广东省人民政府和中山市人民政府三方联合创办成立的。这在国内是首创，直到1996年，国家才在上海建立张江健康科技产业基地，那是国内第二个基地。

2000年，进入新的千禧之年。经过前面十年的打基础，此时中山火炬开发区的发展已是如日中天，一日千里。纬创资通等不少大企业开始在此集聚。

但对李泽斌来说，一切才刚刚起步。创业之初，囊中羞涩的他只好在中山火炬开发区康乐大道附近租一间只有100多平方米的场地经营，后来才移师到国家健康产业基地内的"国家健康基地科技楼"，租用面积扩大了10倍。

高科技型企业就是这样，前期总是要受些煎熬。耐得寂寞，方可成大器。在中山火炬开发区"鼓励创新、宽容失败"的创新氛围之下，李泽斌一直坚守科技创新发展道路，经过多年的"沉默"，缓慢前行，生科公司终于迎来"爆发"式增长。

生科公司致力于输血检验专业试剂仪器的研发生产，是国家健康科技产业基地园区内首家体外诊断试剂生产企业。2011年，生科公司利用微柱凝胶检测技术研制的ABO、RhD血型抗原检测卡，抗人球蛋白检测卡获得SFDA准产注册，标志着生科研发的微柱凝胶检测技术研发取得成功。这项国内第一

生科公司厂房效果图（生科公司　供图）

个用于输血的交叉配血试剂盒，填补了国内该领域的空白。在2013年度中山市科学技术奖获奖项目中，全市有17个项目获得一等奖。李泽斌和他的团队主持的《微柱凝胶检测卡研发及产业化项目》就是其中一个。

经过十多年的打拼，这家科技型企业终于迎来曙光。2014年，通过拍卖，生科公司成功获得国家健康科技产业基地科技楼整幢楼的房产所有权。

李泽斌也开始享受创新带给他的快乐。

时间过得真快。20年仿佛也只是一瞬间。2011年，正好是中山火炬开发区建区20周年。

经过20年的发展，中山火炬开发区已从当年创建之初的一片荒地滩涂，发展成全市经济的龙头。2010年，中山火炬开发区实现工业产业值超千亿元，成为全市首个产值超千亿元的镇（区）。2011年，火炬开发区实现生产总值301亿元，增长17.1%；工业总产值1355.5亿元，增长25.1%，领跑全市经济。

世界500强、美国、法国、德国等各类外资企业，纬创、国碁、佳能、明阳风电等一批名企，云集在这片热土上，创造出了"火炬速度"、"火炬模式"、"火炬效益"……

2011年也是国家"十二五计划"开局之年。对中山火炬区来说，在取得成绩的同时，也面临新的课题：经过前面20年的发展，在新的形势下，下一步的路又该如何走？

2011年6月，侯奕斌从三角镇党委书记的岗位上调任火炬开发区党委书记。2011年12月后任中山市委常委兼火炬开发区党委书记、管委会主任。2013年后任中山市委常委、火炬开发区党工书记、翠亨新区党工委书记。

侯奕斌（文智诚 摄）

侯奕斌的履历十分丰富。他1967年出生，是管理专业博士研究生。曾被选派到美国加州西南学院进修学习，还是援藏干部，曾担任过中山市科技局局长、镇党委书记。

侯奕斌从小在中山长大，中山的人文情怀熏陶出温文尔雅的气质，援藏经历赋予他宽广的胸襟，而"理性"则是这位数理化高材生、管理学博士的鲜明标签。到火炬开发区履新2个多月后，遵循"方法论"的侯奕斌已经迅速进入角色。

国家科技部在新时期提出了以提高自主创新能力为核心内涵的高新区"二次创业"，部署开展创新型科技园区建设，要求国家高新区努力实现向创新驱动型发展的转变，在转变经济增长方式、调整经济结构和发展战略性新兴产业中发挥重要作用。这也是中山火炬开发区"十二五"时期工作的重中之重。

这位曾经的科技局"老局长"开始思考一个问题：经济总量位居全市首位的中山火炬开发区如何在"二次创业"的激流中击水前行？

"总体感觉这里经济发展、社会大局和谐稳定，党政工作很扎实，继续当好中山科学发展的先锋官和排头兵，高新区责无旁贷。"

到火炬开发区任职的2个多月里，侯奕斌一直忙于搞调研。

经过20年的发展，火炬开发区的发展框架已成熟。火炬开发区管委会下辖的8大区属集团公司分管电子信息、包装印刷、装备制造、健康科技和高新技术产品出口加工基地等8个国家级基地，已全面实现产业区域梯度化发展。

"从2010年的经济指标分析，火炬开发区工业产值占全市的21%，税收占全市的14%，GDP占全市的14%，这说明我们发展的规模、质量还有很大的提升空间。"

理工科出身的他善于从大数据中寻找方法。

在经过前期调研分析之后，侯奕斌提出了火炬开发区要按照"4+2+2"的第二产业发展规划、"3+3"的第三产业发展规划、创新创意产业的第四产业发展规划的新思路前行。

"4+2+2"、"3+3"，如果单从数字来看那是最简单不过了，但这里面却有丰富的内涵。这相当于把火炬开发区前20年的产业发展进行一次梳理，为今后全区的产业发展理清了一条思路。

何为"4+2+2"、"3+3"？侯奕斌解释道："4"是指大力发展先进装备制造、健康科技、高端新型电子信息和新能源等四大战略性新兴产业；前一个"2"是指改造提升汽车配件、包装印刷这两大传统优势产业，后一个"2"是指培育发展新材料产业和节能环保产业。"3+3"发展规划，指着力发展总部经济服务业、科技服务业、金融服务业等三大生产性服务业和房地产、商业商务和文化旅游等三大生活性服务业。

在全省上下转变经济发展方式、加快推动科学发展的关键时刻，中山火炬开发区正以围绕经济建设为中心，充分发挥经济体制改革的牵引作用，不断创新发展优势，壮大发展规模，优化发展结构，提升发展质量，增强发展动力，特别是要发展大产业、培育大企业、建设大平台、动工大项目。

自2011年12月21日中山市十三次党代会召开以来，中山火炬开发区围绕建设全国领先高新区的要求，提出了十大科学发展工程、十项科技建设工程。

在十大科学发展工程中，排在首位的是注重提升科学发展的质量，大力引进和培育优质项目。火炬开发区在引进项目方面定下了"硬指标"。其中，平均投资强度要达468.7万元/亩，平均产出强度要达1631万元/亩，税收贡献达68.2万元/亩。重点引进和培育高技术、高产值、高税收、用地少、用工少、能耗少、无污染的战略性新兴产业项目。

2012年11月，党的十八大报告明确提出："科技创新是提高社会生产力和综合国力的战略支撑，必须摆在国家发展全局的核心位置。"强调要坚持走中国特色自主创新道路，实施创新驱动发展战略。这是党放眼世界、立足

火炬开发区俯瞰图（萧亮忠　摄）

全局、面向未来作出的重大决策。

　　侯奕斌从报告中的"科技创新、创新驱动"这些字里行间读到了更多更深的内涵。是啊，如今光靠拼土地、人力等传统发展方式显然是行不通了。对火炬开发区来说，首要任务就是发展"高技术"，在科技创新方面要大有作为，不但要走在全市前列，还要对全市传统产业的改造升级提供科技支撑和技术支持，建设成为全国领先高新区。

　　党的十八大胜利闭幕后不久的11月26日，中山火炬开发区随即召开并传达学习贯彻党的十八大精神大会。就在这次大会上，侯奕斌强调，要尽快用十八大精神来指导中山火炬开发区的实践，将抓好当前经济社会发展各项工作目标任务、科学谋划新发展紧密结合起来，以推动转型升级，推进"十大科学发展工程"，着力推进火炬开发区科学发展、率先发展。

　　会上，他首次提出了火炬开发区是姓"科"的发展理念，是"科技引领，产业先导"的高新区，发展要依靠科技创新，依靠科技引领。

　　曾经担任过中山市科技局局长的他，又一次表现出对科技创新的浓浓情结。

第三章
海归创业　情定中山

"这里有几分北美的风味，这对习惯了北美生活的我们来说颇具诱惑力。"

中山新诺科技有限公司（以下简称新诺科技）总经理曲鲁杰在美国创业后，积累了资金，萌生了回国创业的想法。回国后，他将创业的地方选择在中山火炬开发区。

为吸引海外高端技术、人才和资金，火炬开发区于2004年创办了留学生回国创业园（以下简称留创园），2007年留创园获中山市政府批准升级为中山留创园。2011年，留创园获准升格为省市共建留创园。2013年升级为由国家人力资源和社会保障部与广东省政府共建国家级留学人员创业园。

新诺科技成为第一批入驻留创园的企业。"在企业发展最困难的时候，是留创园的帮扶让我们顺利闯过初期的死亡谷。"曲鲁杰回忆往事时，感激之情溢于言表。

如今，由新诺科技研发生产的"大面积高速激光动态无掩模"技术已处于国际领先水平。

1990年，中山首届经贸洽谈会在香港举行。此后，每年3月28日，中山都会举办全市性经贸招商大会。2012年的"3·28"经贸招商大会上，首次创造性地嵌入"招才引智合作交流会"。2014年，又创新性地首设综合性人才节，把人才工作提升到前所未有的高度。

借助"3·28"期间的人才节，不少海归回国创业人员结缘中山，并创出一片新天地。

一、自主培养两名"千人计划"入选者

2015年2月10日,海外高层次创业人才引进工作专项办公室在千人计划网上公布了《关于公示第十一批"千人计划"创业人才名单的公告》。中山高璐美数码科技有限公司(以下简称高璐美)董事长周广滨、中山康方生物医药有限公司(以下简称康方)董事长兼总裁夏瑜列入公示名单。

何为"千人计划"?中央人才工作协调小组关于实施(中央层面)"海外高层次人才引进计划"简称"千人计划",主要是围绕国家发展战略目标,从2008年开始,在国家重点创新项目、学科和实验室以及中央企业和国有商业金融机构、以高新技术产业开发区为主的各类园区等,引进2000名左右人才并有重点地支持一批能够突破关键技术、发展高新产业、带动新兴学科的战略科学家和领军人才回国(来华)创新创业。

周广滨和夏瑜均是2012年中山市通过"3·28招才引智洽谈会"引进的海外高层次创业人才,经由中山市自主培养而入选"千人计划"。

周广滨毕业于纽约州立大学和美国雪城大学化工系,获得高分子化学博士,并从事高分子膜工程博士后研究。长年从事彩喷数码打印耗材的研发、生产和销售,是国际著名公司惠普(HP)和古楼(Felix Schoeller)的彩喷技术产品研发团队的核心成员。夏瑜在英国纽卡素大学获得博士学位以后,在美国几家生物制药公司参与或负责了多个小分子及大分子制药项目,并在世界著名的抗体公司美国PDL生物制药公司工作过。两位海归博士和他们的团队于2012年来到中山,分别创办了高璐美和康方。

与年轻的留学回国创业人员相比,高璐美董事长同时也是中山荣思东数码科技有限公司董事长的周广滨博士可以算是"大哥。"

1986年,周广滨赴美攻读博士,1992年获得美国纽约州立大学高分子化学博士,1994年在美国雪城大学进行博士后研究。曾为美国RB—TA,RBTI,Y&YT公司的创办人兼总裁。2012年,在中山市"3·28"招才引智活动中,周广滨考察中山投资环境,决定把技术和项目放在中山。2012年12月,他并购中山高璐美数码科技有限公司,出任董事长。

高璐美早在2011年就已落户火炬开发区。在一支由留美博士领导的高水平研发团队的带领之下,高璐美实现了快速发展。周广滨说,高璐美整套引

进美国先进的彩喷耗材生产技术和工艺，备有先进的彩喷耗材研发中心和产品测试中心，拥有全新现代化厂房和多条自动化宽幅涂布生产线，产品质量达到国际先进水平。

康方的夏瑜是另一位入选"千人计划"的海归博士。

康方团队主要开展治疗肿瘤、免疫性疾病及传染性疾病等多种疾病的新药研发。康方创业团队内的4名海归专家，拥有超过15年的国际制药和生物医药产业经验。其中，李百勇博士曾任辉瑞公司的研发总监，夏瑜博士曾任美国加州PDL生物制药公司（现美国雅培制药公司）首席科学家，王忠民曾任美国加州阿迪亚生物制药公司执行顾问，张鹏博士曾任美国加州PDL生物制药公司科学家。

康方进驻中山发展的时间表里显示：2012年3月19日康方公司在中山正式成立；6月在中山留创园设立200平方米的办公场所；7月搬到国家健康科技产业基地生物谷，安装全新的、国际标准的仪器设备，20多个科研人员到位，所有的科研工作开展起来。2013年3月，康方正式搬进新建的研发大楼。

康方生物自主研发新药。（国家健康科技产业基地　供图）

从2012年3月落地中山，到2013年3月正式搬进新研发大楼，在一年的时间里，由4位海归博士共同浇灌的"康方"这颗创业的种子就在中山这块土壤上"发芽"。

"一年前，我和我的创业伙伴来到中山。一年来，我们从零开始，打造出了今天的康方。公司虽然年轻，却像茁壮的幼苗，从火炬开发区国家健康科技产业基地的肥沃土壤中吸取营养迅速成长。"在康方新研发大楼搬迁仪式上，夏瑜博士回忆起在中山的那360多个日子时，感慨良多。

在2015年的中山市"3·28"经贸招商会开幕式大会上，夏瑜在主席台上作了《创新沃土成就生物医药梦》的发言："我是中山康方生物医药有限公司的董事长兼首席执行官。康方生物由4位海归博士创立，我们的项目由火炬开发区引进，是2012年'3·28'的十大签约项目之一，目前总投资额已超过1.2亿元。2015年中山'3·28'人才节，是我们团队落户中山整整三年的时刻。"

1990年，中山首届经贸洽谈会在香港举行。此后，中山确定每年的3月28日举办全市性的经贸招商大会。在2012年"3·28"经贸招商大会上，首次创造性地嵌入"招才引智合作交流会"。 2014年，更是创新性地设立综合性人才节，把人才工作提升到前所未有的高度。其目的就是为了帮助中山吸引经济发展所需要的"新才智"，实现中山的"新跨越"，使中山成为能够吸引人才、留住人才的"人才洼地"。招才引智合作交流会主要包括海外博士项目技术对接、知名高校毕业生与重点企业洽谈、高层次人才（团队）引进签约仪式、高端人才载体展示、人才高峰论坛等活动。

夏瑜就是在2012年的"3·28"招才引智合作交流会上与中山开启一段创业故事的。夏瑜说，从2012年3月首次来到中山国家健康科技产业基地考察，到创业条件的洽谈，再到人才安家落户、临时研发场地的安排甚至小孩入学等，中山市从市领导到国家健康科技产业基地具体经办人员，无不给予细致入微的关心和帮助。

三年过去了，如今，康方已建成具国际先进水平的抗体新药研发及产业化平台。康方目前拥有8000平方米的研发中心，包括符合GLP标准的生物制药研发实验室及产业化平台，符合国际标准的现代化实验动物房。76人的专业研发团队包括8名博士和13名硕士，正步入快速发展阶段。

2015年12月5日，中山康方生物医药有限公司（简称康方生物）举行了"融资·项目签约暨临床药物生产基地启动仪式"。夏瑜介绍，康方生物与国际制药巨头默沙东签署了一项抗体新药项目转让协议。默沙东获得康方生物的肿瘤免疫治疗单克隆抗体药物AK-107全球独家开发和销售权，里程碑付款（Milestone Payment）总额达2亿美元。AK-107是由康方生物全程自主研发的抗癌新药，拥有全球知识产权。

"此次合作是国产创新药在海外市场的新突破，是第一个中国创新型生物科技公司将完全自主研发的单克隆抗体新药成功授权给全球排名前五强的制药巨头。"夏瑜说，这充分体现了康方生物在抗体新药研发领域的国际先进性和竞争力。与默沙东的合作，能够加快AK-107在全球的开发进程，增大使广大癌症患者早日受益的可能性。

中共中山市委书记、市人大常委会主任薛晓峰在康方生物公司的邀请函上写下贺词："康方（生物）完成了1.5亿元的首轮融资，又与美国知名公司合作开发新药，其完全自主研发的新药不仅得到了国际著名公司的认可，也得到了中国食品药品检定研究院的肯定，我谨代表市委、市政府对康方（生物）三年来的卓越业绩、融资成功和药物生产基地的启动，表示热烈的祝贺，也望康方生物成为全国生物医药的领军企业，望康方之舟阔步走到全市创新驱动发展的前列。"

夏瑜说，康方生物有信心在中山建立一个世界一流的生物制药科技公司，用创新技术驱动发展，用人才引领科技进步。希望康方生物成功落户中山的经历，能给更多怀揣中国梦、希望来广东创新创业的人才带来信心和决心，成为敢于做梦、勇于追梦、努力圆梦的创新驱动者。

二、沃顿商学院高材生 "一见钟情"

"好一朵美丽的茉莉花，好一朵美丽的茉莉花，芬芳美丽满枝丫……"

坐在位于中山留创园、创立才不久的昂帕公司办公室里，桑钧晟空闲时也会学广东人泡茶，品香茗。透过落地玻璃窗，桑钧晟有时也会想起故乡。

桑钧晟说，对故乡的印象，就是《茉莉花》歌中唱的那种感觉。桑钧晟出生于江苏南京，17岁那年考上北京大学，后来又是满世界地跑，几乎很少

海归创业者桑钧晟（缪晓剑　摄）

有时间回南京。对南京印象最深的就是满街的梧桐树，那些梧桐树还是民国时期栽种的，长得很大，可以遮天蔽日，夏天走在树下有一种很舒服的感觉。

桑钧晟毕业于北京大学，获得美国布朗大学博士和美国沃顿商学院MBA。现兼任北京大学客座教授，国家发改委下属中国信息协会常务理事。

"以前没来过中山，第一次来时，一下高速，看到'孙中山故乡人民欢迎您'几个大字，感觉特别亲切。"

桑钧晟说，他来到中山留创园创业纯属偶然，但又好像是命中注定了一样，自己与中山是"一见钟情"。

桑钧晟回忆道，2013年12月20日，他一个人背着包，从上海飞至广州白云机场，然后搭大巴车"稀里糊涂"地第一次来到中山。说起来中山的缘由，桑钧晟说，当时他在网上搜索全国各地的留创园，后来从网上看到关于中山留创园的报道，了解相关情况后便给留创园打了个电话。"记得当时，在电话里我还问，从上海坐飞机来中山，是飞到珠海机场再来中山，还是飞到广州白云机场来中山更方便。"桑钧晟回忆道，当时中山留创园工作人员热情地向他解说了相关情况，并热情邀请他过来看看。

"就这样过来了，很简单。"

"当时大概待了一个星期，每天换着住不同的酒店，然后坐公交车到处跑，看中山的大街小巷，看各个公共厕所。"

桑钧晟回忆道，其实当时也没有多大的目的，就是带着玩和了解一座城市的心态过来走走。在中山考察的一个星期内，桑钧晟到了孙文西路步行街、古镇等地，了解中山的人文历史和产业情况，总体感觉中山这个城市管理得不错，产业基础很好。

2014年3月，桑钧晟参加了中山市举办的人才节，当时就把项目成功落户在中山留创园。桑钧晟说,他和他的团队在中山留创园的创业项目是"LED照明驱动IC",主要是芯片研发和应用。

在2014年初项目落定中山时,为了与产业"零距离"开展服务,他们还把实验室放在了古镇镇,当时就接了不少产业服务类的订单。

"项目刚一落定就忙得不可开交,那时还在到处招人。"桑钧晟笑着说,来中山是来对地方了。

中山不大,对高层次人才来说发挥的空间会不会受到限制?

桑钧晟分析道,其实在互联网时代,很多东西都已不再受物理距离的制约,大城市有的,中山也有,唯一不足的,可能是与周边城市在交通接驳上花的时间较多一点,不过以后深中通道开通了,从深圳机场到中山半个小时车程,那中山的优势就更加明显了,也更加吸引高层次人才过来。

桑钧晟说,他们在中山做公司就是要发挥他们的优势,整合全球资源、解决全球问题。

丰富的求学和工作经历,使得桑钧晟在全球具有丰富的人脉资源。"我们现在在印度谈的一个LED全产链的项目就是与沃顿商学院的校友一起整合来做的。"桑钧晟透露,目前该项目进展顺利,将来还要把这种全产链的模式复制到更多的发展中国家去,为发展中国家遇到的资金、环境、能源等难题提供系统解决方案。

目前LED照明发光灯珠和结构件发展日趋稳定,电源控制模组的驱动芯片作为关键部件直接关乎LED灯的节能效率和灯具使用寿命,正在发生革命性创新。"昂帕公司已成功研发出全世界成本最低、性能良好的LED照明驱动芯片。"桑钧晟说,现在研发、市场、总部全整合到中山留创园内,中山就是昂帕公司的总部了。

"中山公司这边主要做整合,中山在LED产业方面有很好的产业基础。这座城市人文气息厚重、基础设施建设也好,城市的发展潜力很大……"

昂帕公司位于中山留创园17楼,在并不宽敞的办公室里,桑钧晟还特意辟了一个小空间,用作茶室。冬天温暖的阳光从落地窗外照进来,室内有刚刚买来的茶台、办公书柜等大涌红木家具。品着香茗,望着窗外的科技新城风景,桑钧晟感觉无比惬意。

"现在基本上是一半时间在上海或国外其他城市,一半时间待在中山。"

"中山是一座开放、包容的城市，这种'城市性格'很适合海外回国留学生创业。"

桑钧晟说，美国之所以发达，一个很重要的原因是美国从全世界招人，用世界各地的精英。而昂帕公司的未来发展也是这样，昂帕公司的总部在中山，但也要从全世界招人。他们还计划从美国再引进一些外籍人才过来，要在中山做一个世界性的公司。

在海外留学人员回国创业潮日益高涨的势头之下，作为中山市承载海外留学人员回国创业的重要载体——中山留创园也在不断扩容中。

2004年，中山火炬开发区通过整合各类创新资源，成立了中山火炬留学人员创业园。2013年12月30日，人力资源和社会保障部下发《人力资源和社会保障部关于同意共建中国常州留学人员创业园、中国中山留学人员创业园的函》，同意将中山留创园正式升级为部（人社部）省（省政府）共建中国中山留学人员创业园，并于2014年正式挂牌。这标志着中山留创园十年内实现了从市级—省级—国家级的"三连跳"。

中山留创园所在地——中山火炬开发区是中山高科技人才聚集、高端科技项目融合的重要基地。近年来，自英、美、法、日、德等十几个国家和地区归国的海外高层次留学人才选择在这里创业，涉及健康医药、电子信息、新能源、新材料、装备制造等众多领域。

中国旅欧博士中山创新创业基地、中山市旅欧博士工作站于2013年3月在中山留创园挂牌成立，成为旅欧博士归国创业发展的中转站。

联合光电、康方生物、荣思东数码……以前这些企业在中山火炬创业中心、留创园孵化过，现在都在中山火炬开发区园区内购买了土地，建成了现代化的厂房，发展进入"快速期"。

三、有一种在硅谷上班的感觉

2006年，杨呈勇获得美国佛罗里达国际大学计算机学院博士学位。其研究方向为基因芯片数据分析，大规模生物信息机器学习和数据挖掘。博士毕业后，杨呈勇一直在美国一家生物公司工作。2014年9月9日，腾飞基因公司在中山火炬开发区国家健康科技产业基地正式成立。杨呈勇担任广东腾飞基因科技有限公司（以下简称腾飞基因）总经理兼首席技术官。

"前期很多事情，健康基地都帮我们解决了，我们只需做好自己的专业，发挥自己的强项。我们有更多的精力去办专业的事，这让我们吃了'定心丸'。"

令杨呈勇这位海归博士意想不到的是：在国外时，总以为在国内办点事情很难，没想到，为了公司落户，国家健康科技产业基地相关部门把与当地部门打交道、帮公司找地方、注册、请会计事务所等事情全部承担下来。

谈及为何放弃国外优越的条件回国创业时，杨呈勇坦言，现在国内需求很大，国外产品价格高昂，而他们在国外拥有技术。把技术的优势放在国内转化成产品，能让更多的老百姓享受到更好的医疗检测服务。

2014年6月，杨呈勇第一次来到中山考察。以前对中山市没什么了解，考察完之后，杨呈勇才知道原来中山位于珠三角的几何中心位置，距离香港、澳门、深圳、广州都很近，而且又是孙中山先生的故乡，是福地。

杨呈勇还清晰地记得第一次从广州来中山时的感觉。"当时从广州到中山，感觉人一下子就舒坦了，是两个完全不同的地方，很舒服，很放松。"

中山留创园外景（文智诚 摄）

位于中山留创园内的创业公司（缪晓剑 摄）

"在中山工作有点像在美国硅谷上班的感觉。中山的天很蓝，生活压力不大，居住条件好，上完班之后，回到家可以享受那份清静。"

硅谷，杨呈勇最熟悉不过了。

硅谷（Silicon Valley）地处美国加州北部旧金山湾南部，早期以硅芯片的设计与制造著称，因而得名。后来其他高技术产业也蓬勃发展，因此硅谷又是所有高技术产业集聚之地的代名词。这里汇聚了一批具有雄厚科研力量的美国一流大学，如斯坦福、伯克利和加州理工等，并拥有惠普、英特尔、苹果等大公司。

硅谷属地中海气候区，四季如春，是世界上最宜居住的地方之一。硅谷几十年来都是世界上经济成长最快的地方。

在美国留学、工作期间，学计算机技术的杨呈勇就经常往硅谷跑。同样是蓝天白云、河网密布的中山火炬开发区，让杨呈勇找到了这种感觉。这里有通往世界各地的中山港客运码头，这里集聚了十余家世界500强企业，这里将来是连接深圳的"桥头堡"，这里有弯弯的小隐涌穿过火炬开发区科技新城，缓缓地流向横门水道，流向宽广的大海……

站在位于中山火炬开发区科技新城旁的华佗山公园塔顶上,可一览中山东部的旖旎风光。

有山有水,有湖有江,有园区内好的产业配套,一批批高层次人才在考察完世界各地之后,都乐于把创业的梦想安扎在这方风水宝地上。

"在腾飞基因,我主要负责运营,还有一位以前在美国一起工作的同事主要负责技术开发。"杨呈勇说,他们已组建了一支基因测序创新团队。

在杨呈勇眼里,如美国硅谷般的中山火炬开发区正是他施展才华的大舞台。与杨呈勇一样,如今越来越多的专家、教授、科学家带着科研成果甚至老婆孩子来到这里,开启人生的新梦想。

中山火炬开发区创新人才群体的引进,可分为两个重要的时期。一是20世纪90年代,在"孔雀东南飞"的大时代背景之下,一批大学教授、科研院所专家、高工等,纷纷选择来到火炬开发区进行科技创新工作。这一阶段的代表人物包括杨第伦、闫淼、叶小舟等专家、教授。二是2000年以来,特别是2010年之后,海外留学回国创业人员开始陆续选择到火炬开发区创业。

"激情孵化梦想,创新成就未来。"这几个大字正挂在中山火炬创业中心大楼一楼入口处的墙壁上。这几个字曾让不少创业者心情澎湃。

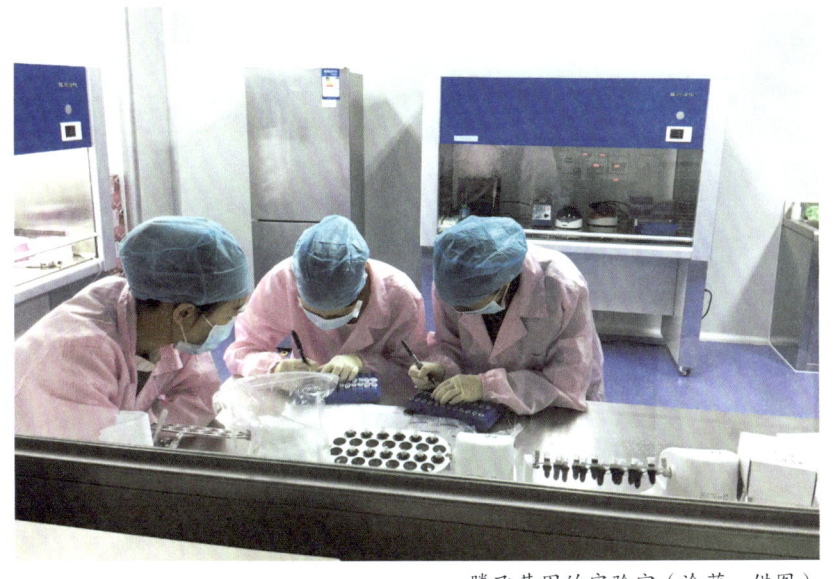

腾飞基因的实验室(涂莉 供图)

中山良好的生态建设吸引人才在此落户。（文智诚 摄）

位于火炬开发区康乐大道33号、得能湖公园对面的中山火炬创业中心如今显得有些"小气"和陈旧了。这幢创业中心建于2000年左右，仅有4层楼高，现在孵化场地已明显不够用。后面进来的创业者大多选择去留创园内孵化。

余佩华、何志强两位博士是其中较早入驻该创业中心的海外留学人员代表。

2004年8月，中山正值丹桂飘香。余佩华博士从加拿大回来，第一次来到孙中山先生的故乡。短短几天的考察之后，他就在中山火炬开发区创业中心创办了以诺生物科技（中山）有限公司，并担任这家公司的首席执行官。

"中国天然药材资源丰富，作为华人科学家，应该把自己掌握的科技知识用于深度开发，为我国制造更多有利健康的好药。"余佩华谈起回国创业，言语朴实。家人远在大洋彼岸的加拿大，余佩华舍下亲情孤身一人留在国内。余佩华说，这种激情来自于对祖国对家乡巨变的感受。"在国外，可以过得很舒服，如果自己不回来，可能感受不深，而当回到家乡，回国创业的心情就更加迫切了。"

大企业的研发机构往往是放在北京、上海这类知识密集型的城市，与别的大企业不同的是，余佩华是个"另类"，他把企业的研发中心放在了中山火炬开发区创业中心。

来中山之前，余佩华也曾经在上海待过一段时间。在上海创办研发中心，运营成本肯定会高很多。其实目前珠三角地区的产业链已经比较成熟了，可以满足创新过程中研发所需的基础性原材料。比如，中山的国家健康科技产业基地，对于研发医药产品的科技孵化型企业来说，就具有实验、生产等方面的优势。

中小城市在信息、高端人才、资本市场等方面的确不及大城市，这也是中山、珠海等城市在产业升级中面临的问题。然而由于拥有地理优势，中山可以借助广州、深圳、香港等周边大城市的创新资源弥补不足。

"思路—技术—样品—产品—商品"这个过程让无数科技孵化型企业备受煎熬。但过了这个"煎熬期"，科技孵化型企业生命力会极强。余佩华对这一点坚信不疑。

"鼓励创新，容忍失败，这是对科技孵化型企业最大的安慰。"火炬开发区正在营造这样一种氛围，对类似余佩华这样的回国创业者非常支持，这让他感到无比宽慰。

2006年5月，何志强在中山火炬开发区创业中心注册成立了鑫力弘科技（中山）有限公司。何志强说，刚开始创业时，他将方向定在做产品生产。由于一开始就做生产，"摊子"太大，成本太高，难以承受，后来转向做技术服务和产品研发为主。现在，他的公司主要面向亚太地区的国外企业提供化工等方面的技术服务。

段升华，中山大学本科和硕士毕业之后到美国罗切斯特大学攻读化学博士，后来又到麻省理工学院医学院读分子医学博士后。回国前在哈佛大学癌症医院做肿瘤基因组研究工作。2013年，他在中山留创园创立中山奈德生物科技有限公司，担任总经理。

段升华的公司设在火炬开发区科技新城数码大厦留创园17楼。天气晴朗的时候，在段升华的办公室里，透过环形的玻璃窗，火炬开发区科技新城的美景一览无遗。"工作累时，我会泡点小茶，一边品茗，一边欣赏蓝天白云下的城市。"这种工作环境是很多"海归"梦想的理想工作状况。

段升华在美国待了十多年，拿到博士学位，完成博士后培训和出站工作。段升华的博士后师从诺贝尔医学奖得主，在哈佛大学癌症医院工作时又和几位诺贝尔奖得主沟通交流过。

"其实在象牙塔的顶端做学术，感觉也非常好，但自己一直想尝试创业。"段升华的梦想是：在国内建个研究院，然后招一批海外留学人员一起做科技研究开发。

与"北上广"这些大城市相比，中山在人才、研发方面相对薄弱。但对于从事高科技研发的段升华来说影响不大。以前段升华在中山大学读书时来过中山，那时就被中山的文化深深吸引了。选择回国创业时，他前期去过上海、深圳等大城市考察，但最终还是选择了中山。

"中山是伟人孙中山先生的家乡，历史文化悠久。"说起中山，段升华不吝赞美之辞。"我在海外留学时就了解到，华人华侨都知道中山这个地方。"

中山地理位置优越，位于珠三角的中心地带，距广州、深圳、珠海、澳门等都在一个小时左右，从中山港坐船去香港也只需一个多小时，物流和交通都很方便。而且现在中山正处于快速发展阶段，对于初创企业的发展非常有利。

与段升华一样，年轻的陈智勇博士对中山也是赞不绝口。陈智勇是中山大学有机化学博士并从事博士后研究，现为中国广州分析测试中心中山分支机构——广东中测食品化妆品安全评价中心（以下简称中测公司）主任。

2013年11月底，陈智勇第一次来到中山。不过这一次很匆忙。直到2015年，陈智勇才开始花大部分时间待在中山。

"这个地方真不错，环境好、不塞车、人友善，政府服务特别周到。"

陈智勇工作的中测公司位于横门水道旁边的国家健康科技产业基地生物谷大厦内。透过中测公司的窗户可见横门水道江面宽阔，风光秀美，令人心旷神怡。

对中山这座城市的接触，留美博士范彬算是公司中最早的。他现在是中山康源基因技术科技有限公司（以下简称康源基因）的首席执行官。

"其实最早知道中山,是在1995年结婚时,买了一台中山产的威力洗衣机。那时威力洗衣机很出名。"

而真正接触中山是由于康源基因这个项目。2013年,范彬来过中山。那时从岐江桥出发,沿着步行街、西山寺、孙中山纪念堂,一直走到香山商业文化博物馆。"中山这座城市很有特色,是典型的南方城市,又是孙中山先生的故乡。"走遍世界各地的范彬坦言,他很喜欢这座城市的节奏和底蕴。

来中山之前,范彬就知道中山市是伟人故里、宜居城市。果然,住下来后,繁花似锦、四季如春、风光旖旎的中山让他感觉非常舒服惬意。

在创业团队领军人物蔡伟文博士的主导下,范彬和康源基因创业团队在回国考察了很多地方之后,综合各种因素,还是觉得中山好。

中山康源基因拥有自主知识产权的探针制备技术和覆盖整个人类基因组的DNA探针库,也是目前中国国内唯一一家可以完全自主独立研发及生产aCGH和SNP基因芯片的企业。蔡伟文博士是美国贝勒医学院的教授,1996年毕业于纽约大学生物分子化学专业,为全球第一个成功开发出实用的比较基因组杂交芯片技术的杰出华人科学家,其基因芯片的专利生产技术代表了该领域的最高生产力。

2013年和2014年的3月28日,范彬都亲身感受了中山"3·28"经贸招商大会的盛况,他们的项目也于2014年3月28日正式签约落户国家健康科技产业基地。

党的十八大报告提出,要积极引进和用好海外人才。科技体系、创业环境、政策支持……这些利好,使得海归回国有了更好的创业创新舞台。

为了搭建更好的平台,吸引海外人才回国创业,中山更是动作频频。2015年8月14日上午,中国科学技术协会"海外智力为国服务行动计划"(简称"海智计划")中山工作基地在中山留创园举行揭牌仪式,同时启动第一届中欧生命科学论坛。

"海智计划"旨在贯彻实施科教兴国、人才强国战略,吸引和组织海外科技工作者以多种方式为国服务。2003年由中国科学技术协会和35个海外科技团体共同发起,2004年2月启动实施。中山市科学技术协会党组书记、主席余元龙介绍,2014年以来,为吸引海内外创新团队和创新项目落户中山,为中山实施创新驱动发展战略服务,中山市科学技术协会积极开展海智计划相关工作。

　　周广滨、夏瑜、桑钧晟、杨呈勇、余佩华、何志强、段升华、陈智勇、范彬……他们从五湖四海奔赴而来，为了心中的梦想，为了一个美丽的目标，共同为"创新中山"喝彩！

第四章
专业镇加点"智慧"更灿烂

2001年《经济日报》刊登了一篇《专业镇崛起，谱写广东经济新篇章》的报道。文章中说：历经20世纪80年代的创业积累，90年代的经济转型，在广东的广大乡镇中，出现了一个令人欣喜的现象，这就是一批专业镇的闪亮登场。

那时专业镇分量有多大？请看一组数据：据2000年的统计，广东全省1556个市辖镇中，经济规模达20亿元的（包括接近20亿元的13个镇）有125个，其中超30亿元的有59个，有的甚至超百亿元。乡镇企业实现产值8700亿元。当时，广东的经济总量占全国的1/10，而广东的市（县）、镇经济又占全省的"半壁江山"。

"中山靠专业镇起家，无论过去还是将来，专业镇发展都是中山市经济的基本支撑。中山经济结构调整、产业转型升级的主战场在专业镇，实现在优化发展，创新发展中加快发展更离不开专业镇。"

2014年10月21日，中共中山市委书记、市人大常委会主任薛晓峰在全市加快先进装备制造业发展暨工业技术改造投资工作会议上发表了对专业镇创新发展点题、破题的讲话。11月7日，又在全市推进新型专业镇发展座谈会上作了题为《把推进新型专业镇发展作为中山落实主题主线的主战场》的专题讲话。

新型专业镇建设由此拉开序幕——

一、"玩"出来的专业镇

1983年8月,中山有则"重磅新闻"——全国第一个中外合资的大型综合游乐场在长江水库旁横空出世。

盛极一时的游乐场吸引了国内外的目光,全国各省市的考察团甚至国家领导人及东南亚领导人也争相到访。游乐场除了在当时赚了不少"吆喝"外,更深层次的意义是,中山从此成为全国游戏游艺产业发源地。

2013年8月15日,在中山雅居乐长江酒店二楼宴会厅里,一群"游戏痴"围绕"魅力游艺,美丽中国"的主题进行产业发展座谈,一边集体回忆过往的辉煌,一边畅想游戏游艺产业的下一个30年。

又是"长江"边,又是谈游戏,30年前的情景历历在目。

时光飘过三十载,中山市游戏游艺产业从当初的"娃娃"学步,到如今的步入而立之年,一直在叙写中山人"敢为天下先"的产业拼搏精神。

"那些都是被别的国家淘汰的二手游乐设施,我们都感到陌生。"吕飞雄说道。当时43岁的吕飞雄出任长江旅游发展总公司经理,也是游乐园总工程师。

这位"老游戏游艺人"回忆说,当时游戏游艺是一个新事物,大家都好奇。不过,短暂的"游乐"很快就凋谢了,两年之后,园区的经营日益萧条。目睹这一状况,时任中山机床厂厂长的李武彪却敏锐地嗅到了其中的商机——向游戏游艺产业进军!

"当时没有经验,全靠自己摸索,在发展这个产业方面,体现了中山人敢为天下先的精神。"李武彪说,长江乐园开园不久,中山机床厂就成立了当时中国第一家生产游乐设备的公司,并将公司命名为"金马",正式杀入游戏游艺产业。这些年来,中山的特色产业异军突起,点亮了中山产业的星空。但可以说中山游戏游艺产业是中山最早真正走自主创新之路的特色产业,这对中山后来的专业镇建设、特色产业发展起到示范带动作用。

"当时改造过山车项目,算是一个很大的工程,但只收了很少的工程费。"李武彪说,"为了感谢,工程方偷偷摸摸地送了一台'落地风扇'。"

产业报国,成为吕飞雄那一代技术人员的集体标签。"当时怀着一种产

游戏游艺产业（缪晓剑 摄）

业报国的心，又是刚刚改革开放不久，大家都想建设好四个现代化，没有什么私心的。"

现已是金马游艺机有限公司（以下简称金马）董事长的邓志毅，当时还是国有企业中山机床厂的一名普通销售人员。他听说同事们接到了一桩特殊活——不是安装机床，而是安装一些进口游乐设备，需要高空作业。这些在当时都是闻所未闻的新鲜事，那时他们全凭一股钻研劲才摸透那些机器的性能。没想到，却误打误撞进入了一个全新的行业。

当时中国的游乐设备制造业还是一片空白，国内游乐园的设备基本全是从国外进口。邓志毅回忆说，当时对行业不熟，对技术掌握也不多，刚开始就是从简单的碰碰车做起，之后才慢慢站稳了脚跟。

金马从1983年开始做碰碰车等小型设备，1990年以后就可以生产太空飞船、激流勇进等中型游乐设备了。由于成本比进口设备要低得多，在当时的市场上颇受欢迎。

随着行业的发展，金马在业界的名气也越来越响。中山本土的民营企业家们也瞄准了这块蛋糕，此后"金龙"、"金鹰"、"金羊"、"金鼎"等众多游戏游艺企业相继诞生。其中金龙游乐设备有限公司便是叶威棠离开中山机床厂后所创立的，如今和金马一样，都是中山游戏游艺产业的龙头企业。

20世纪80年代后期开始，金马、金龙等一批游戏游艺企业在石岐区青溪路一带集聚。这些企业后来扩展到一河之隔的港口镇。

港口镇大丰工业区，沙港公路在其中穿过。这条路上每天都车流不息。港口镇的重点企业在大丰工业区沙港公路两边云集，中国游戏游艺产业基地也落户于此。中山游戏游艺行业的龙头企业和后起之秀，随着国家级产业基地的建立纷纷进驻，形成集聚发展之势。

2008年10月，中国游戏游艺产业基地落户港口镇，标志着港口镇成为中山又一个新兴专业镇。金龙集团率先将企业总部迁进了港口镇中国游戏游艺产业基地，建起全国规模最大的游戏游艺产品交易中心。紧随其后，金马、世宇、智乐等龙头企业也在基地投资项目。基地提供的空间和资源，让一批后起之秀迅速成长。碧海娱乐、爱乐等企业，凭借技术研发实力，在业界很快站稳脚跟，打响名号。实力企业纷纷进驻，带动100多家游戏游艺产品制造及相关配套企业向产业基地集聚，产业集群效应逐渐显现。

邓志毅说，30多年来，中山游戏游艺产业经历了机械加工到自主创新再到文化创意产业发展的历程，形成了横跨先进制造业与现代服务业以及出口与内销双向发展的新兴业态。

2013年，中山市游戏游艺产业在而立之年就取得了不俗的业绩：行业生产水平、生产规模、市场占有率、出口值等都处于国内领先水平。通过制定中山市游戏游艺产业发展规划、举办中国（中山）国际游戏游艺博览交易会、成立中山市游戏游艺协会等一系列举措，游戏游艺产业产生了巨大的社会影响和经济效益。

"全市正在实施'新三百'战略，中山作为全国游戏游艺产业的扛旗者，未来实现百亿、甚至千亿元产值都不是梦想。"虽然年过七旬，但谈起游戏游艺产业梦想时，吕飞雄依然激情澎湃。令吕飞雄高兴的是，30年后的今天，这个产业已不仅仅是机械制造业，而是向文化创意产业延伸，而且在这个产业里已涌现出一大批年轻创业精英。"这些接班人，会让这个产业充满活力，"吕飞雄眼里充满自豪与期待。

游戏游艺产业集群的形成，是中心市专业镇发展中的一个缩影。正如原中山市政协副主席李武彪所说，游戏游艺产业对中山后来的专业镇建设、特色产业发展起到示范带动作用。

作为中国游戏游艺产业的"重镇"，港口镇已成为全国最大的游艺机生产基地、集散基地和出口基地，其游艺机产量占全国50%以上，出口量占全国70%以上。目前，港口镇有行业龙头近40家。正在建设的广东游戏游艺产业城，建成后将成为国内最大的游戏游艺研发创造基地和技术创新中心。

经过20世纪80年代的敢闯敢拼，至90年代时，中山的镇区工业发展已是热火朝天。更重要的是，产业开始形成集聚。专业镇的形成，使进入2000年后的中山经济亮点纷呈，成为广东甚至全国经济中，又一个"中山模式"。

据统计，目前全省有专业镇383个，其中工业领域231个，经济总量和对区域经济的平均贡献率占到全省经济版图的三分之一。中山市尤为典型，拥有省级专业镇16个，其中14个为工业型专业镇，拥有35个国家级产业基地。目前，专业镇生产总值占全市的比重达72%，贡献税收达65%，省市级工程技术研发机构和研发人员数量、研发经费投入、专利申请和授权等方面均占全市总量的8成以上，涌现出一批市场占有率较高的特色产业集群。

二、转型升级有了"试验田"

跨界：从牛仔服装到红木家具

1991年，19岁的湖南伢子廖志宏高中毕业后，因家贫没能继续上大学，选择了南下打工。

或许是当时中山的知名度太高，廖志宏打工的第一站选择了中山市大涌镇。

90年代以来，大涌镇的牛仔服装很出名，后来还是有名的牛仔服装专业镇。在1991年到1995年这5年期间，廖志宏在一家服装厂打工，从普通工人做到管理层，工资也从几百元涨到五、六千元。

在老乡眼里，这个待遇在当时已经很高了。按理来说，廖志宏应该很满足，会就这样按部就班地把这份工打下去。

可是从小因家里穷怕了的廖志宏心里一直有着创业的梦想，一直想着有一天自己能当老板,不甘心一辈子帮别人打工。1995年,拿着打工这些年辛辛苦苦积攒下来的5万元,占着地利人和,廖志宏开启了他的创业梦想。

"当时投资了5万元办了一个小型的制衣加工作坊。"廖志宏回忆说,经营几年后,制衣企业小有成绩,后来他又把目光投向了洗染行业。

"那时制衣企业生意好做,而作为制衣环节中不能缺少的洗染行业更是不愁生意。"

80年代中后期,发达国家的服装加工业开始向发展中国家转移。据统计,1994年时我国的服装产品和出口量跃居世界第一。

与大涌镇相隔的沙溪镇进入2000年后,更是有着"休闲服装看沙溪"的美誉。特别是2000年10月,由中国服装协会、中国服装设计师协会领衔主办的第一届国际休闲服装节在沙溪镇成功举办,让沙溪这个侨乡小镇声名大噪。从规模上讲,当时沙溪已经拥有600多家纺织服装企业,年产各类服装1700多万打,服装总值达60亿元,形成了纺织、整染、洗水、制衣、销售、科研等配套完整的体系,成为中国休闲服装的重要生产基地。

牛仔服、休闲服装产业红火,而全市洗染类的公司只有几十家,根本不

大涌红木家具(叶劲翀 摄)

愁生意。廖志宏享受了一段"坐在厂里收钱"的舒坦日子。

直到2008年，受金融危机影响，传统制衣行业受到严重挫折，服装企业走下坡路，老板们的日子也开始进入"煎熬"时期。2010年，廖志宏果断地将制衣和洗染企业关停，开始寻找转型升级之路。

大涌镇除了是牛仔服装专业镇之外，还是中国红木产业之都。一个面积只有40多平方公里的小镇，却能拥有两块专业镇的牌子，不简单。

2012年，廖志宏选择了和洗染制衣毫不相干的红木家具行业。他在有着"中国红木产业之都"称号的大涌镇创立了和坤堂红木家具，自己也成了"堂主"，打破不熟不做的魔咒。虽然他的红木家具公司至今才成立3年时间，但却发展得很稳健，除了大涌的总部之外，还在大连、天津、云南、湖南邵阳等地设立了加盟店。廖志宏在大涌镇产业转型升级大潮中，成功实现了自己的转型升级。廖志宏打工、创业、转型升级的人生历程，其实也正是大涌镇产业的转型升级史。

如今，从中山南外环驶进岐涌路，"中国红木家具之都"的匾牌，以及沿街十几公里的各式红木家具品牌店，使人仿佛从繁华的现代都市，一下子走进了一个古色古香的"明清时代"。

改革开放之初，大涌镇人开始从事红木家具的生产、销售。30多年后，这个南国小镇已成了"中国红木产业之都"。2008年后，专业镇繁荣的背后却多了一些忧虑：专业镇主要以服装、五金、小家电等产业为主，大多数企业没有自主品牌，主要是贴牌生产，赚取低廉的加工费，在原材料、劳动力成本上涨等多重压力之下，传统的专业镇开始面临着产业转型的大课题。拼土地、拼劳力、拼资源等传统的粗放式发展模式已难以为继。

与要实施一项改革先弄出一小块"试验田"试着干，先检验一下可行性再扩大的方法一样，传统专业镇的转型升级能否先弄一块"试验田"试试，探索出一条路来。转型升级较为迫切的大涌镇成为了"探路者"。

2013年12月31日，《中山市大涌镇产业转型升级发展规划纲要（2013-2020年）》（以下简称《规划纲要》）正式下发文件，成为中山市首个镇区产业转型升级发展规划纲要。"像这样专门针对某一个镇出台《规划纲要》的，在珠中江三市都没有，这是一个创新。"中山市发展和改革局产业协调科科长赵湘说，《规划纲要》不仅仅是针对产业的转型升级，也是一个镇的整体升级。

为何全市首个专业镇转型升级示范点要选择大涌？赵湘讲述了其中的缘由：红木家具和牛仔服装是大涌镇的两大支柱产业，由于环境污染大、资源消耗大、地均产出效益不高、市场竞争日趋激烈，而面临紧迫的转型升级压力。中山市委市政府针对大涌镇出台《规划纲要》也是想通过专业镇的整体转型升级使大涌转出好的环境，转出稳中有为、稳中有进的发展势头，为全市各专业镇转型升级提供借鉴。

业内转型：从洗染技术着手

牛仔服装是大涌镇的特色产业之一。牛仔服因涉及洗染等环节，对环境的影响较大。大涌镇首先从牛仔服装转型升级入手。

在广东华奇环保印花有限公司（以下简称华奇）启用的新车间里，添了不少新设备。厂长钟选凤说："现在不用锅炉了，水性染料代替传统油墨。"实现环境清洁，生产效率大幅提升的"秘籍"就是靠那套先进的"冷转移印花技术"。拥有这种类似技术的，国内目前只有三家企业，而广东地

广东华奇环保印花有限公司的环保印花线（叶劲翀　摄）

区只有华奇一家。

作为华奇的母公司，侨发公司从事纺织面料印花等已有20多年，是大涌镇典型的传统纺织企业。侨发公司在转型升级之前也经历了阵痛。钟选凤说，他们感到转型升级最迫切的时候是在2008年金融危机爆发时。"升级势在必行，这是大趋所势。"钟选凤回忆道，他们是在2008年开始与上海东华大学（原中国纺织大学）等机构开始合作研究冷转移印花新技术的，经过三年多时间的攻关才完成这项技术。应产业转型升级所需，侨发公司设立华奇。华奇拥有自主研发的冷转移印花技术与成套冷转移印花生产流水线，结合市场需求，为纺织、服装、家纺面料提供环保节能的印花加工服务。其定位是一间环保节能减排降耗的创新低碳型企业。

华奇的冷转移印花项目被中国纺织工业协会列为"十二五计划"重点推广项目。冷转移印花生产技术荣获我国纺织行业最重要的奖项——2011年度中国纺织工业协会"纺织之光"科学技术奖一等奖。"冷转型印花技术实现了高精密度和颜色坚劳度，不但色彩丰富，而且不易退色，在用工量上大大减少。"钟选凤说，他们上的这条生产线全是电脑操作，现在工人都要求是"80后"，主要以技术工人为主。冷印技术是通过一张薄形单光纸，将色

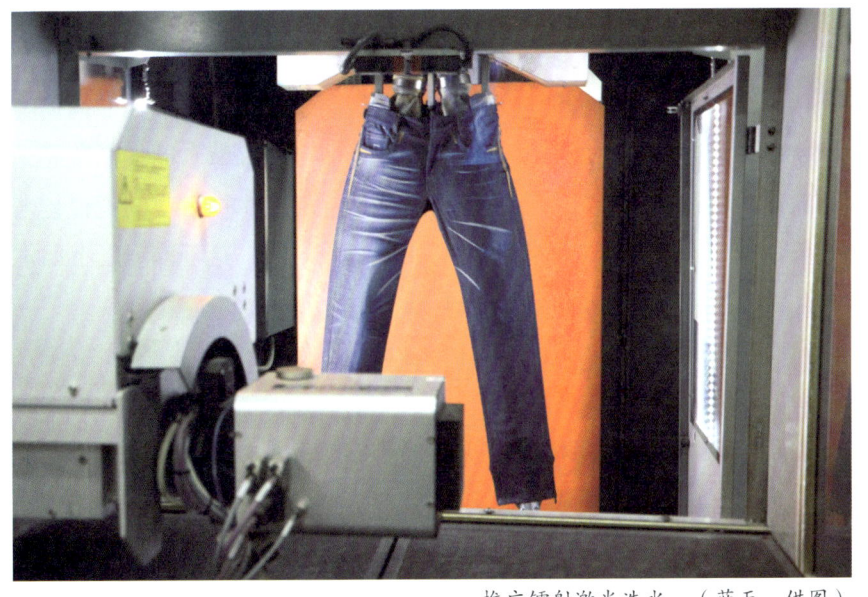

推广镭射激光洗水。（蓝夭 供图）

彩、图案几乎全部转移到织布上，不像传统印染业要把布料反复多次在酸、碱液中漂洗，不仅纤维强度受损，而且能源、水量消耗巨大，造成环境不堪重负。

钟选凤列举了一组数据：冷转移印花技术项目工艺简单，具有99%的燃料高转移率及95%的固色率，使染料利用最大化，小残留、采用温室冷堆固色，可省水87%，排水COD量下降显著，可节能31.5%以上，达到降能降耗省水的效果。

环境整治倒逼转型是大涌此次转型升级中制造业转型发展的路径之一。《规划纲要》明确指出：支持广东华奇环保印花有限公司冷转印产业化项目，取代传统印染技术，促使大涌纺织业进入"以印代染"的新时代。

赵湘说，制定《规划纲要》就是想通过一个镇的转型升级为其他专业镇提供可复制的经验。大涌镇此次的转型升级主要是想实现：创新发展示范区、传统优势产业转型升级先行地、产城互动融合特色镇、"珠西模式"践行者四大战略定位；逐步建立区域技术创新中心以及技术中介服务和培训机构，示范推动"中山制造"向"中山服务"、"中山智造"转变；承担传统优势产业转型升级"试验田"角色，大力推进技术改造、研发设计、平台搭建、品牌提升、渠道拓展和产业链整合。

除了牛仔服装之外，大涌的另一产业——红木家具也正加大转型升级的力度。

作为广东省红木商会会长、广东省家具协会副会长，中山市红古轩家具有限公司总经理吴赤宇对大涌红木家具的升级深感迫切。在浙江、福建等地的红木家具"后起之秀"的追赶下，作为红木家具"前辈"的大涌镇感到了压力。浙江、福建等地金融比较活跃，这些地区对红木原材料的把控越来越处于优势地位。在红木资源越来越稀缺的大背景之下，这不同程度上暗示着，谁掌握了原材料谁就拥有价格话语权。

"《规划纲要》出台，对我们企业家来说当然是好事。"吴赤宇说，《规划纲要》对完善对外交通、健全公共服务平台、人才引进培养、加大金融支持等方面都有详细的规划和主要负责跟进单位，这对企业发展更有利。

"试验田"带来"头脑风暴"

专业镇经济是中山经济的一大特色，但传统的专业镇主要以五金、服装、家具等为主。专业镇转型升级的呼声由来已久，然而如何才能寻得突破口，一直困扰着各个专业镇。如何实现转型升级，是摆在中山专业镇面前的大事。

关于大涌镇产业转型升级"试验田"的意义，曾经有一场"头脑风暴"。

"大涌镇经济总量较小、税收较少、产业层次低、污染严重，选择大涌镇作为我市专业镇转型升级试点，既可以控制转型升级给中山带来的发展阵痛，也可认真研究经验，助力我市专业镇全面转型升级。"中山市委副书记、市长陈良贤指出，传统产业是中山的经济基础，中山不仅要做好大平台、培育大企业、引进大项目，还要加快传统产业转型升级。中山传统产业转型升级不是简单的腾笼换鸟，而是就地转型升级、做大做强。

实现转型升级最核心的力量在哪里？赵湘认为，专业镇的升级突破口在于科技创新、技术创新，促进产业再发展。比如，要减少锅炉，实现节能减排，热电联产就是重要手段；要鼓励企业运用高新技术和先进适用技术加大企业技术改造，引进先进生产线，提高技术装备和生产工艺水平；引导企业对现有落后工艺技术和设备在规定期限内进行技术改造，限期内未完成技术改造的企业不予审批和核准扩大产能的项目；积极发展低污染、低能耗的家具涂料技术，推广使用环保型水性家具漆，鼓励龙头企业参与"中国环境标志"认证和"绿色产品"质量认证。

电子科技大学中山学院国际经济与贸易系主任赵曑湘指出，没有过时的产业，只有过时的技术，政府要积极扶持大涌镇的两大传统产业。他建议：一是转变发展观念，传统产业由讲数量、讲规模到讲质量、讲效率转变，由制造产品到制造利润转变；二是用足用好区域品牌，把区域品牌与市场开拓结合起来，提高市场影响力；三是培养龙头企业，发挥其转型升级示范作用，同时利用龙头企业转型升级倒逼整个产业链上、下游企业转型升级。

产业升级是否意味着要抛弃传统，一味选择新兴产业？国家财政部原副部长王保安认为，一般用一二三次产业的比例、新兴产业占比来衡量产业结构合理性，这是一个误区。其实，产业竞争力的核心取决于产品附加值的高低。农业可以带来高附加值，新兴工业也可能只有低附加值。产业没有朝阳产业和夕阳产业之分，附加值高低是决定产业发展的关键性因素。

中山大学岭南学院经济学系主任、博士生导师徐现祥教授提出，产业转型升级需要依靠市场力量，取决于需要结构变化和标志性技术革新。应明确转型升级的目的是提高企业核心竞争力，加快信息化和工业化融合，找到新型工业化的产业转型路径。

"中山在未来很长一段时间内将是以传统产业为主导的工业化城市，传统产业尤其是优势传统产业集群转型升级，是中山转型升级的关键。"中山市经济研究院常务副院长梁士伦博士说，光从这个角度来讲，大涌镇转型升级 "试验田"能否探出一条新路显得十分重要。大涌的"试验田"，只是起了一个头。

在大涌镇岐涌路，古香古色、充满中国传统文化味的红博城已成为一大景点。红博城是大涌镇产业转型升级中的一个缩影。红博城全名为中国（大涌）红木文化博览城。

2014年9月11日，中国（大涌）红木文化博览城董事总经理雷钢荣向参加"走基层"的省市媒体记者介绍红博城未来发展的美好图景：我们把岐江河边的70多亩地规划为水上工艺品一条街，到时建成岐江夜游的最后一站，游客从市区再到这里上岸，在建筑特色方面，我们将给游客一种浙江乌镇的

红博城效果图（蓝天　供图）

南京林业大学中山市太兴家具有限公司博士后创新实践基地揭牌。（李兴畅 供图）

感觉，让游客在中山也可享受江南乌镇的时光。游客除了看水乡街，还可以到大涌的十里红木一条街感受红木文化，再到红博城感受中国传统文化。

"这不仅仅是红木的卖场，而且是文化旅游胜地。"雷钢荣说，建红博城的出发点不是建一般的红木卖场，而是要以红木产业为主题，将中国传统文化的一面做精。

"不同于传统的红木家具专业卖场，红博城直指'文商旅'一体的新型红木产业综合体，进行文化、商业、旅游等跨业态整合。红博城将建设国内首个集岭南、江南、徽派、仿古建筑风格于一体的极具人文内涵的古典中式建筑群落，并成为一系列传统文化的展示载体。"雷钢荣说，游客来到红博城，光看完这些传统文化特色景点，至少得花上6个小时，加上红博城里面的酒店、美食等配套，"留住客"将不成问题。

我们期待一个如诗如画的新大涌。

三、绿色崛起下的"美丽中山"

联合国人居奖是当今世界一个有重要影响的奖项，由联合国人居署于1989年创立，是全球人居领域规格最高也是威望最高的奖项，主要表彰为人类居住条件的改善作出杰出贡献的政府、组织、个人和项目。中国从1990年开始申报联合国人居奖。1997年，中山获得了联合国颁发的人居奖。

如果以颜色来形容一个城市的发展特征，中山这座城市应该是绿色的。绿色代表着生机，代表着可持续发展的方向。

2014年的春天来得特别早。3月的北京，吸引了全国人民的目光。2014年全国"两会"于3月3日至15日在北京召开，这是党的十八届三中全会后的首次"两会"。

习近平总书记在参加全国"两会"广东代表团审议时表示，美丽中山给他留下了深刻印象，并寄语中山人民要把伟人故里建设得更加美丽。这既是对多年来中山推进经济社会协调发展、坚持"两个文明"一起抓、走绿色发展道路的鼓励与鞭策，也为中山当前推进全面深化改革指明了方向。

中山的海陆面积为全省地级市中最小。面对土地资源的严重制约，如果继续拼资源将难以为继，因此，中山要努力实现"促转型"前提下的"稳增长"，不遗余力地提高经济增长的质量和可持续性。长期以来，中山的专业镇经济占了中山的"半壁江山"，要提高经济增长的质量和可持续性，专业镇要充当重要的角色。

美丽中山，幸福生活。（胡家庆　摄）

2000年左右，中山的专业镇进入了快速发展期，在经历了10多年的高速发展后，专业镇也面临着转型升级的需求。2014年10月，在中山推出新型专业镇作为经济发展的主题主线战略下，中山的25个镇区（加上后来挂牌成立的翠亨新区）更强调把握绿色发展理念，实现绿色崛起。

三角镇选择"绿色崛起"

三角镇位于中山市的东北部，与广州市南沙区隔江相望，是中山对接广州的"东北大门"。三角镇三面环水，由三江之水冲积而成的大沙坦，因形似三角形而得名。在三角山公园开放时，三角镇党委书记黄泽科还亲自作了一副对联："三江汇聚花果山山灵水秀，角力传扬麒麟舞舞动歌欢。"珠江之滨，潮起潮落，孕育着三角镇这片物阜民丰的沙田水乡。

从"农业大镇"到"工业立镇"，三角镇在发展的道路上也经历过"粗放式"发展的阶段。在产业转型升级的大背景下，三角镇党委政府树立了"绿色崛起"这一发展理念，并正在探索一条有三角镇特色的新型专业镇道路，争取早日建成广东省环保科技创新专业镇。

"在经济工作中，我们越来越注重发展的质量，宁愿慢一点，也要质量好一点。在发展过程中，绝不走以牺牲生态环境为代价的发展老路，而是要把加快发展与保护环境结合起来，实现'绿水青山'与'金山银山'的有机统一。"黄泽科说，在这一"方法论"的指导下，如今三角镇在经济发展上找到了一条提质发展的新路径。产业发展方式已从讲究规模速度向讲究质量效益转变。

中山市经济研究院曾推出中山第二届镇区竞争力排名，2012年三角镇在发展质量排名增长速度中位列全市第一。

在加快转型升级方面，三角镇引导企业大胆推进内部转型，提高工艺和管理水平。引导和鼓励企业加大科研和技改投入，加强产品研发、专利申报，不断提高自主创新能力，增强竞争实力。同时，强化产业扶持，重点奖励企业加强经济结构调整和增长方式转变。

民森、依顿、达进、皇鼎等一大批落户三角镇的"老牌"企业，尝到了转型升级带来的"甜头"。民森集团放慢速度，把纺织类的低端产业链转出去，腾出空间，在三角镇专注发展高端项目；依顿公司，自我加速，在传统的订单排得满满的情况下，开始"选单"，压缩一些手机、电视机等传统的线路板生产，而转向名牌小汽车线路板的研发生产，占领技术的"制高点"，给企业的再一次腾飞创造条件。

近年来，三角镇在推进经济建设、政治建设、社会建设、文化建设、生态建设"五位一体"协调发展上取得了显著成绩，并作为全省党代会常任制试点工作单位，在基层党组织建设等方面作出了有效探索，于2011年被中共中央组织部授予"全国先进基层党组织"称号。

黄泽科说，作为基层党员干部，他们将结合三角镇的实际，抓住建设新型环保专业镇的契机，坚持实施优化发展，实现绿色崛起。在黄泽科的眼里，三角镇要实现"绿色崛起"，就要紧紧依靠创新驱动。

在新型专业镇的主题主线引导下，中山的镇区正为走一条创新驱动之路上下求索。

传统专业镇的"创新+"

南头镇地处中山北部，历来是"105国道家电黄金走廊"的重要组成部分。早在2004年，南头镇就被评为全国首个镇级"中国家电产业基地"。据统计，截止2014年底，南头镇共有家电企业及其配套企业数量1300多家，其中产值超亿元企业达37家，省级以上名牌名标56个，总量占位居全市第二位。面积不足30平方公里的南头镇，通过"空间换地"腾出用地，进一步推进工业化，并实现"工业园区"向"精品城市"转型。通过创新驱动、转型升级实现传统产业向优势传统产业、战略性新兴产业的嬗变。

南头镇通过创新驱动推出家电产业保持持续的竞争力。2014年，南头镇企业专利申请量和授权量继续稳居中山市前列。在"互联网+"的今天，南头又创新模式为企业发展搭建更多的平台。2015年8月17日，奥马、阿诗丹等28家企业以"南头制造"的集群品牌正式入驻苏宁易购，开启了中山企业抱团拥抱电商的全新模式。"南头制造"是全国首个以镇级政府为企业背书的电商区域品牌。

在石岐区，"老石岐"充分利用自己的优势，通过"文化+商业"的模式，使得服务业焕发生机。石岐区作为全市面积最小的镇区，却以仅占全市1.2%的土地，创造了约占全市5.4%的GDP和9%的税收。

位于南头镇的中山市家电创新中心展示的产品（黎旭升 摄）

新一轮发展受到土地资源瓶颈制约，怎么办？石岐区党工委、石岐区办事处的回答是一手抓"三旧"改造，一手抓创新驱动，向"三旧"要土地、要资源、要效益，用创新打造新的经济增长极。石岐区正计划将"石岐创新谷"尽快打造成为全市科技创新集聚地，引进一批研发能力强、创新水平高的机构和企业。计划到2020年，入谷企业超过500家，年营业收入超过150亿元，年税收超过8亿元，市级研发中心10个，省级及以上研发中心5个，培育上市（含国内主板、创业板、新三板及境外主板、创业板）企业5家。

除了强镇强区更强之外，中山市经济欠发展镇区也已开足马力，进行赶超。

"七个小矮人"开足马力

《白雪公主和七个小矮人》是大家耳熟能详的童话故事。中山也曾有"七个小矮人"的说法——七个经济欠发达镇区。2010年镇区GDP成绩单出炉，GDP成绩当年被戏称为"七个小矮人"的阜沙、三角、神湾、民众、黄圃、横栏、南朗等7个镇区中，阜沙、三角、黄圃、横栏经过多年发展已大大跃升。在新型专业镇战略之下，民众、南朗、神湾镇等镇区开始制定新的发展目标。

南部的神湾镇正利用磨刀岛天然的水域资源优势，打造游艇产业，拥抱蓝色梦想。神湾镇的发展方向聚焦在游艇产业以及旅游产业。这两个方向属于第三产业，既能够节约土地资源，又能保护神湾原有的"净土生态"。在这两个方向上，神湾将主打盛世游艇会、中国（中山）航天生态城等项目。

民众镇属于大沙田地区，传统的产业主要以服装纺织类为主，近年来伴随着珠三角一体进程的加速、深中通道进展加速、南沙自贸区挂牌等利好，民众镇作为区域交通枢纽的优势日渐凸显，昔日的岭南水乡通过优化环境力筑珠西投资洼地。在产业上，民众镇利用市级产业平台，加快先进装备制造业发展。在发展布局上，民众镇正着手调整规划，结合周边发展情况，找准定位，将民众镇的发展提升到市级层面进行整体布局，未来民众镇将由"边"走向"中心点"。

南朗镇更是牢牢把握翠亨新区和深中通道建设的机遇，大力推进创新驱动发展和新型专业镇建设，提高经济发展质量和效益。如今的南朗镇已成为中山东部一个初具规模的现代化城镇。

四、用好自己的"大宝贝"

小榄不小

小榄有着悠久的历史和深厚的人文底蕴，因小榄人喜爱养菊、赏菊，且每年有举办菊花欣赏会的传统，被誉为"菊城"。明代礼部尚书李孙宸曾撰诗"岁岁菊花看不尽，诗坛酌酒尝花村"来形容此地。

作为中山北部的工商业重镇，早在1980年前，小榄镇就办起一批轻工企业。1980年后，小榄镇工业企业体制由集体、合作、集团公司为主向外商投资、股份、民营、个体为主转变，工业产品由支农型为主向配件型、加工型、出口型、产品型为主转变。

2011年1月16日，广东县域经济研究与发展促进会发布《2010广东镇域经济综合发展力研究报告》。对全省1151个乡镇的"综合发展力"进行演算排名，中山市小榄镇列于广东镇域经济综合发展力百强前十位中的第二位。

2012年6月5日，中共广东省委副书记、省长朱小丹到小榄镇调研。在

被誉为"大宝贝"的小榄镇生产力促进中心（夏升权 摄）

中山调研座谈会上，朱小丹高度评价中山市小榄镇生产力促进中心。他说："感触最深的是小榄，小榄小榄，经验不小，意义不小。"他提出要把小榄镇生产力促进中心看成"大宝贝"，并认为可以向全省推广。这在当时成为了舆论关注的热点。

在小榄镇广源学校运动场隔壁，有两栋不起眼的建筑隐身绿荫之中，这就是小榄镇生产力促进中心。在过去的10多年中，它已为3万多家企业提供技术创新、信息网络、质量检测、人才培训、企业融资、科技创业等服务。

小榄何以让省长如此感慨？原因在于这个小镇形成了以政府为主导、生产力促进中心为核心、行业组织为支撑、科研院所多方力量共同参与，结构完整、功能齐全、运作有效的专业镇中小微企业科技服务体系，为中小微企业提供了产品研发、质量检测、人才培训、企业融资、科技创业等服务，将综合服务贯穿企业发展全过程，覆盖企业生产经营各环节。

五金业自动化

小榄的五金业有着悠久的历史，这里聚集了中山市95%以上的五金制锁

机械设备的应用提高了传统产品的精密度。（缪晓剑　摄）

企业。中山市锁具行业协会负责人介绍，小企业买不起这么贵的五金检测设备，而且客户也喜欢指定第三方检测机构。这便催生了小榄镇生产力促进中心的小榄五金检测服务有限公司的成立。

小榄镇生产力促进中心素以为企业服务贴心而闻名。它为企业免费培训，为产学研牵线搭桥，助不少企业成功实现转型升级。广东金点原子制锁有限公司就是其中一个案例。

"这是我们改造后的两条锁心自动生产线，以前一条线要17个工人，如今两条生产线只需一个工人操作就行啦，现在相当于1个工人可以代替过去34个人。" 2014年10月28日，广东金点原子制锁有限公司（以下简称金点公司）生产负责人周墩介绍，他们公司以前使用的主要是手工设备，用上自动设备后，产能提升很快，普通一线员工比过去减少了300多人。

在金点公司的车间里，周墩指着一条生产线说道："这条线更加厉害，是公司研发团队投入400多万元研发出来的国内最先进的锁芯全自动化智能生产线。"

金点公司创始于2001年，是一家集研发、制造、营销、推广为一体的专业从事电子防盗器材、锁具、门类生产的五金制锁企业。早在2008年，该公司研发团队就开始进行相关研发，直到2010年才将研发成果投产使用。周墩说，除了借助小榄镇生产力促进中心的技术优势之外，他们还在深圳设有专门的研发团队，光研发人员就达30多人，每年的研发投入超千万元。

周墩说，企业发展有没有潜力关键在于能不能自主创新。企业能不能做强做大，关键在于自己生产的产品是不是自己的知识产权。该公司现已拥有60多项国家发明专利和150多项实用新型专利。

对于自动化给企业带来的好处，周墩分析道，除了减少一线员工，提高效率之外，产品的废品报废率大大减少，产品的精密度、安全性能提高了。早在2010年该公司就被评为"广东省高新技术企业"。2014年，该公司已推出了月牙边柱锁、叶片边柱离合锁、叶片空转边柱锁、抗干扰防撬汽车方向盘锁等四个高新技术产品。

自动化改造为金点公司带来了明显的效益：如今，在不增加设备的情况下，该公司的锁具产能每月可达200万把，锁头150万个，其中月牙形100万个，高端叶片形50万个。在传统五金业竞争激烈的今天，金点公司的销售和纳税均呈现快速增长。

一"锁"可以窥全貌。从一个小小的细节中，就知道小榄人是以怎样的精神来制锁的，为什么能将锁做得这么"高明"。早在1986年，小榄镇就被誉为中国"南方锁城"。"固力"、"华锋"两个品牌于2002年被评为"中国十大锁王"，并于2005年再次获评。2004年4月小榄镇还被中国五矿化工出口商会授予"中国五金制品（小榄锁具）出口基地"称号。

锁业的发展，其实就是小榄镇加快产业升级的一个缩影。一个传统的产业为何能够长期"保鲜"，为何能够在市场上占有较强的"话语权"，创新是其持续发展的新动力。

小榄智造的技术支持平台

早在2008年7月15日，《中山日报》就以《对于小榄人来说，创新不是哪一个人的事，也不是哪一群人的事，而是全民的事——小榄"智"造成持续发展动力》为题，对小榄的创新进行剖析。小榄的发展得益于"小榄制造"，小榄的可持续发展得力于"小榄智造"，创新成就了小榄的今天。

小榄主要以民营经济为主，经过30多年改革开放走上了依靠创新赢得持续竞争力的发展之路。特别在扶持好民营经济发展方面，小榄在引导民营企业搞好技术创新、创名创优、上市融资、资产重组等基础上实现跨越式发展，培育一批对小榄镇经济发展起到支撑作用的强优民营企业和行业龙头企业，有效提高小榄镇经济增长的稳定性。长青集团、棕榈园林、高力制锁、达华电子等一批优秀民营企业积极探索上市道路，加快推进现代企业制度建设，民营企业的整体管理水平不断提高。

被朱小丹称为"大宝贝"的小榄镇生产力促进中心就是小榄产业的"智囊团"、"军师"。

该中心于2002年经广东省科技厅批准成立，是小榄镇政府为推动技术创新和发展区域经济而组建的科技服务平台，是以市场化为导向、争取最大社会效益的中介服务机构。小榄镇生产力促进中心以政府为依托，以市场为导向，紧紧把握为中小企业提供多元化服务的宗旨，通过不断加强服务平台建设，提升核心服务能力，完善综合性服务体系。2006年，该中心荣获广东省中小企业局授予的"广东省中小企业技术支持服务机构示范单位"称号。2008年小榄镇生产力促进中心更是被评为全国唯一一个镇区级国家生产力示范中心。

小榄镇生产力促进中心通过创新科技服务，打造产业共性技术支撑平台，建立一站式产品设计、快速成型、精密模具服务平台，缩短产品研发周期，增强企业竞争力。

资金支持，对话世界500强

早在2000年，小榄镇政府投资1000万元组建"汉信现代设计制造技术服务中心"。除了技术的支持外，小榄镇在企业发展所需的资金方面也动了不少脑筋。小榄镇创立的"中小企业创新发展信用担保有限公司"是为企业和一般收入家庭担保贷款和创业贷款服务的机构，如今已扩展到帮助困难学生担保助学贷款等业务。该担保公司，成立于2001年，注册资金为1亿元。公司把这笔钱存放在银行，以此作为担保基金。一批原本没有资金，又想干一番事业的创业者，是这一担保基金的最大受益者。

创新是需要成本的，但是成本到底由谁来出？小榄镇政府主动牵头来做这件事。有了政府的政策引导后，企业主会更有激情来参与创新。只有全社会形成不断创新的氛围，企业才有可能不断投入资金来做这件事。政府在这方面踏出一小步，企业投资可能就会迈出一大步。对于小榄镇来说，政府在创新方面加大投入与企业共同成长。

过去小榄镇没有大的高等院校或科研机构，工程师也少，企业主要充当以加工制造为主的角色。2000年小榄镇成立了汉信技术平台，它为一般民营企业与进驻本地的世界500强企业提供了更多的对话机会。

为我所用：产学研结合

中小企业多、制造业发达的小榄镇在产业转型升级步伐加快的过程中，对高技术人才的需求也在增加。为破解这一难题，2013年，小榄还与中山职业技术学院合作开设"小榄学院"。中山职业技术学院校企合作处处长冷小冰说，与专业镇合办二级产业学院是该校近年来一个重要的发展思路。在专业镇里面设立二级产业学院，一方面可以为学生提供良好的实习实训条件，便于针对当地产业发展现状提供"订单式"人才培养服务。另一方面，对于小榄镇来说，中山职业技术学院作为高职院校进驻小榄，相当于为当地引进了一个大的产学研平台，可以实现产学研无缝对接，为企业"零距离"提供技术支撑。

为什么日本、美国等国外企业花同样的原材料生产出来的产品卖的价格是我们的企业生产出来的10倍，甚至是几十倍？面对这一问题，小榄人又在工业设计上打起了主意。"中国创新设计试验基地"落户小榄，为小榄镇工业设计提供了更大的发展空间。

小榄镇是中国五金制品产业基地和电子音响产业基地，具有雄厚的工业基础，拥有一批如华帝、长青、爱浪、康妮雅等知名企业，也有一定的工业设计能力，而且政府对鼓励和扶持企业开展工业设计与创新不遗余力。在组建小榄镇生产力促进中心的基础上，"中国创新设计试验基地"又落户在小榄。聪明的小榄人用了"借力打力"这一招，引进世界最先进的设备，在这个基础上再实现自己的创新。小榄人实现了"世界最先进为我所用"，这是以前想都不敢想的事，小榄人却做到了。小榄镇借助该基地的平台，加快小榄技术创新的步伐，提升小榄工业设计的水平，促进小榄工业的转型与升级。

全民创新

对于小榄来说，创新不是哪一个人的事，不是哪一群人的事，而是全民的事。

小榄不小，有一组数据足以说明：截至2015年6月底，小榄镇工商注册户达到38058户，与2014年底相比净增1227户；其中，工业企业数量达到12182户，比2014年末净增330户。小榄镇计划，到2016年，全镇生产总值将达到312亿元，工业增加值达171亿元，第三产业增加值达127亿元，单位建设用地GDP产出达33万元/亩，全社会研发支出占生产总值比重达2.5%，发明专利拥有量达400件。到2020年，全镇生产总值将达到410亿元，工业增加值达212亿元，第三产业增加值达180亿元，地均产出水平达44万元/亩，全社会研发支出占生产总值比重达3%，发明专利拥有量达650件。

至2015年10月，小榄镇已拥有138个国家和省级名牌名标，总量位居全市第一，拥有中国五金制品产业基地、中国电子音响行业产业基地、中国内衣名镇三个"国家级"牌子，拥有华帝、力王、棕榈园林、达华智能、长青

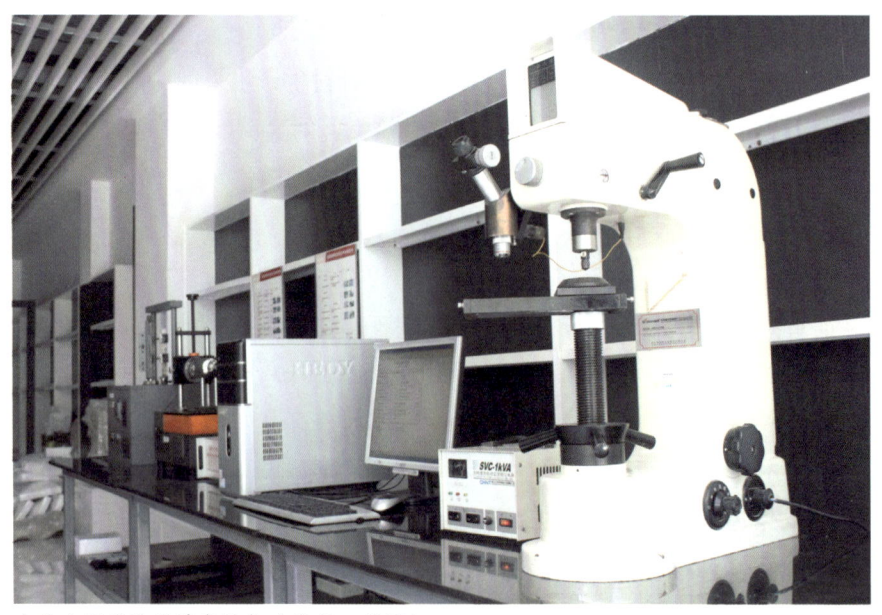

皇鼎公司引进的精密设备（张变　供图）

集团、木林森股份等6家上市企业。

2013年2月，小榄镇政府组织申报的以小榄五金技术服务体系为核心内容的《专业镇中小微企业科技服务体系的创新与实践》，荣获广东省科技进步特等奖，填补了中山市的空白。小榄镇建立了全国首家镇域"国家级示范生产力促进中心"，形成了专业镇中小微企业科技服务体系的"小榄经验"，得到广东省委、省政府的充分肯定并全省推广。

小榄这个位于中山西北部，面积不到80平方公里的小镇，依靠科技力量，正在不断刷新历史纪录。

五、"全域中山"打破"天花板"

一个新概念

虽然到中山工作已经20年了，但来自湖南的赵暑湘教授依然"湘"音不改。

1995年，赵暑湘从湖南调入电子科技大学中山学院。1997年当选为中山市政协委员和市民盟副主委、2004年当选市人大常委，还曾是中山市青联常委，被学生们称作"最有人缘的老师"，荣获"2008十佳感动中山的人民教师"。

作为区域经济研究专家，赵暑湘除了完成好教学工作之外，还参与了市里不少经济课题的研究。其中，专业镇就是赵暑湘研究的一个重要领域。

中山是国内少有的不设县的地级市，在广东省实行这种行政管理的只有东莞和中山两个城市。这种"垂直管理"模式，优缺点很明显。最大的好处是提高了办事效率，特别是镇区在前期发展中，可以赢得发展速度。然而缺点也明显，这种过于"碎片化"的发展格局，很容易步入"各自为战"的情况，导致镇与镇之间的无序竞争和分散式作战，难以形成发展合力。

随着产业的溢出效应，产业集群在地理区域上不应仅限于在某个镇区，在推动产业集群升级时，更需要政府从宏观层面进行引导。专业镇在发展中，不能永久保持"一镇一品"的发展格局，要通过全市"一盘棋"进行整体规划，才能打破各镇区"各自为战"的局面，将经济蛋糕做大。专业镇发展到今天，突破行政区域的藩篱已显得较为迫切。

2009年8月11日,赵昝湘以中山市人大常委的身份参加中山市人大常委会组成人员与市政府组成人员座谈会时,第一次提出了"全域中山"这一新概念。

后来,赵昝湘回忆说,记得当时提到"全域中山"这四个字时,与会者都感到很陌生,因为他的普通话实在是太"普通"了。湘音太重,全域两个字被大家误以为是"全裕(富裕)中山"。后来赵昝湘想到只有用写文章发表的形式,才能更好地把这一新概念向大家阐述清楚。

趁热打铁,说干就干。8月17日,赵昝湘在《中山日报》上发表了《用"全域"理念促均衡发展》一文,对"全域中山"这一新概念进行了解释和运用。

在赵昝湘眼里,"全域中山"理念是中山区域发展和资源配置所追求的最佳目标,其着眼点和落脚点在于把中山近1800平方公里的区域一概作为现代化城市来统一规划和建设。

基于应对土地资源瓶颈以及转型升级挑战诉求而生的"全域中山"理念,正在对中山的经济持续健康稳定增长产生积极影响。"全域中山"发展

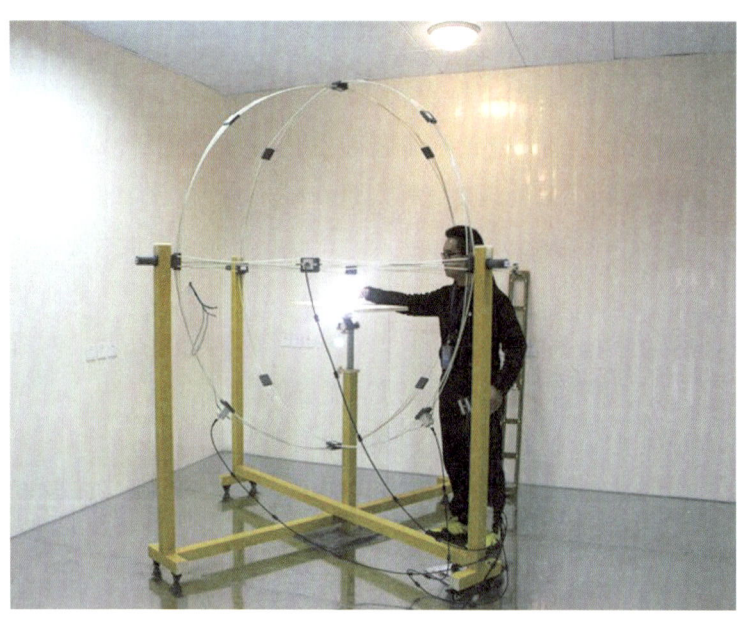

横栏镇生产力促进中心引进的灯具检测设备(黄卫梅 摄)

理念，是中山打破资源瓶颈的全新战略，在全省范围也是一大创新之举，其目的是在更大空间内合理配置和有效使用资源。

赵晷湘认为，"全域中山"发展理念，可以引领和助推中山实行区域统一规划，实现项目、产业、土地、空间的统一部署，从而在中山实现真正意义上的同城化，实现全市经济、政治、文化、社会和生态文明建设一体化发展，可以引领和助推中山产业转型升级。众所周知，产业转型升级必须有项目、特别是大项目的支撑，而项目的落地又必须有土地、资金、人才等资源作基础。近年来，中山市一些镇区在产业转型升级过程中，先后遇到有项目没资源（如土地）或有资源没项目的双重瓶颈（资源瓶颈与项目瓶颈）。要顺利突破这种尴尬的双重瓶颈，当务之急就是要在产业转型升级中树立"全域中山"理念。赵晷湘说，只有这样，才能站在全市统一的高度，对土地、电力、扶持资金、公共平台建设等重要资源在全市进行统筹配置，从而在更大的时空坐标上制订中山产业转型升级规划。可以引领和助推中山"行政区经济"向"经济区经济"转变，促进各镇区破除行政壁垒，按照"共享、共赢、错位、互补"的原则，统筹整合市域资源，形成各镇区资源共享、互相合作、利益双赢的局面。

令赵晷湘欣慰的是，"全域中山"理念先后被2010年中山市政府工作报告和2011年中山市委工作报告采纳。在2011年8月22日召开的中共中山市委十二届八次全体（扩大）会议上，市委书记、市人大常委会主任薛晓峰在工作报告中提到要强化"全域中山"、集聚发展、绿色发展和包容增长四个理念时，"全域中山"还被排在第一位。

一场新探索

中山从2011年开始着手进行主体功能区规划，结合各镇区的自然资源与产业潜力重构格局，将全市划为6个经济协作区，以突破产业零散、资源短缺的"天花板"。

2011年，火炬开发区与南朗镇签订全市首个经济协作区协议。2012年3月29日，中山首个市域经济协作区实施细则签订，火炬开发区和南朗镇合作建设的国家健康科技产业基地和华南现代中医药城成立。在2011年框架协议的基础上，细则对协作区内的GDP考核、税费分配、管理权责等进一步明

位于南朗镇的华南现代中医药城（张少鹏　供图）

确。这是中山探索"全域中山"新经济格局所走出的具体而重要的一步。

党的十八届三中全会提到，要紧紧围绕使市场在资源配置中起决定性作用深化经济体制改革。经济体制改革是全面深化改革的重点，核心问题是处理好政府和市场的关系，使市场在资源配置中起决定性作用和更好发挥政府作用。

从中山市经济协作区来看，如果说2011年全市首个经济协作区的成立还有一点点"行政"味道的话，那么直到今天，经济协作更多的是一种市场的主动行为。经济协作区正探索出一条符合中山发展实际的道路。

在国家健康科技产业基地与华南现代中医药城经济协作区的探路示范之下，阜沙与南头、火炬开发区与板芙、民众与三角、古镇与横栏、石岐区与东区等经济合作区也加快推进。中山市"一基地三园区"（即国家健康科技产业基地、临海医疗器械装备园区、华南现代中医药城、板芙镇生物医药产业园）的全市健康产业发展平台也相继推出。

"一镇一品"是中山市经济发展的一大特色。但随着经济的发展，"一镇一品"往往会受到土地、科技、资本、平台等各方面的限制，影响下一步产业的整体发展。中山推进专业镇转型升级的思路和做法是什么？

2012年全省专业镇会议在中山市古镇镇召开，专业镇转型升级成为聚焦点。中山18个镇（不含6个区）中，专业镇就有16个。专业镇转型升级的根本出路在于创新，除了科技创新之外，体制创新也很重要。中山的根基在镇区。过去各镇区之间统筹不足、定位不清、分工不明，几乎是各自为政。在"全域中山"的理念之下，中山市正在着手进行主体功能区规划，建立健全的协调机制和补偿机制。通过成立"项目超市"，将有特色的项目与土地指标进行镇区之间的统筹，从而实现要素的优化配置、资源的高度集聚、分工的相对明晰。市委书记、市人大常委会主任薛晓峰表示，中山要把近1800平方公里的区域作为现代化城市来统一规划和建设，构建"全域中山"，以此来引领和助推中山的产业转型升级，同时采取内部挖潜和外部借力的方式提升发展质量和效益，破除资源瓶颈，走精细化发展道路。

"全域中山"建设的突破口在哪里？市委副书记、市长陈良贤在镇区调研时表示，中山作为传统工业强镇在面临发展资源瓶颈时，要懂得通过内部挖潜、外部借力来提升发展质量和效益，从单一产业品牌"单打独斗"向地域品牌集群推进转变。"全域中山"的打造正促进各镇区经济社会的融合，形成发展的合力。

从竞争到竞合，经济协作区正从观念上加速镇区与镇区之间的携手共进。

一次试验

2013年7月8日上午，"中山美居（石岐区—东区）经济协作区签约暨产业园启动仪式"在富湾工业园举行。此次签约及启动仪式，标志着中山美居产业已进入全面启动、整体建设的新阶段。

早在2011年，中山市委、市政府就提出中山美居产业的整合新概念，为中山产业集群二次腾飞找到了新的发展思路和"行政区经济"走向"经济区经济"的新路径。按照战略部署，石岐区、东区办事处与中山汇智电子商务投资管理有限公司共同合作，将富湾工业园通过三旧改造建设成为"中山美居产业园经济协作区"（以下简称中山美居），吸引创意设计、电子商务类等高端优质项目集聚入驻，建设中山美居展示中心、体验中心、创意设计中心、电子商务营销中心。

"中山美居"以中山家电、灯饰、五金、家具、服装等优势传统产业为

年轻的创业者（夏升权 摄）

基础，以智能化、人性化、生态化、品牌化的美好家居生活文化为引领，以协同家居及工业设计为纽带，以电子商务和实体体验中心为平台，以集成营销服务为主要形式，提供美好家居生活整体解决方案，促进与室内居住生活紧密相关的幸福导向型产业融合高质发展，提高产业集中度和品牌影响力，培育新的经济增长点。

两镇联动

2013年10月举办的第14届古镇灯博会上，古镇镇与横栏镇签署"共同推进中山灯饰产业协作发展框架协议"。其共同的合作目标是：建成以营销中心、技术中心、制造中心、创新中心为核心的全球照明灯饰产业中心。

古镇与横栏是相邻的"兄弟"镇区，两镇在社会、经济以及产业等多个方面日益互补、融合。中山灯饰产业从古镇发源，并逐步发展成为以古镇为核心覆盖周边11个镇区、产值达千亿的产业集群。古镇成为全国最大的灯饰生产销售基地和专业市场，横栏受其辐射已经发展成为灯饰照明产业生产制造基地。

根据当时的框架协议，古镇、横栏两镇将借助沙古公路、古神公路、中江高速等区位交通优势，整体规划路网布局，全面连通两镇断头路，形成占地超百平方公里的中山照明灯饰产业集群。两镇将整合招商、企业服务等行政资源，共享并做大灯博会、灯配展。延伸古镇检测认证、出口咨询、产学研合作、知识产权申请与维权、品牌授权使用、价格指数发布等资源，共享产业服务。整合照明电器行业协会、相关地区商会、灯饰学院等资源，共享行业信息与人才信息。

古镇与横栏合作势在必行，但合作方式不会走要素合作这种传统模式，两镇是要以更加开放的姿态，打通路网、资源网，实现平台共享，减少重复建设。古镇的产业平台，比如国家级LED检测中心、快速维权中心等，以及即将启用的灯饰学院等，都将全面向横栏的企业开放，古镇企业可以享受的优惠政策，横栏企业同样可以享受。

2015年10月22日，由中国照明电器协会、中山市人民政府主办的第16届中国·古镇国际灯饰博览会暨2015年中国灯都（古镇）灯光文化节在古镇会展中心举行了开幕式。开幕仪式上，横栏镇被授予"中国照明灯饰制造基地"称号，并挂上牌匾。

经过30余年的发展，如今的古镇镇灯饰产业，早已不再局限于作为生产制造基地。古镇享有年产值超千亿元的灯饰生产和与贸易相配套的庞大产业集群，已成为世界四大灯饰专业生产基地和销售市场之一。古镇灯饰全球市场占有率达到70-80%。以古镇为中心的"中山灯饰"群也越发强大耀眼。

带动上下游产业

说起中山专业镇，就不得不提及中山会展业。中山市会议展览行业协会会长方平回忆道，自1999年古镇举办首届灯博会之后，以专业镇为基础的中山会展业开始蓬勃发展。

会展经济与"一镇一品"同时发生。古镇的灯博会、沙溪的服博会、火炬区的电展会和装备展、港口的游博会、大涌的红木家具博览会、三乡的古典家具博览会等，每年在中山举办的展会都不下十个，特别是每年下半年几乎成了中山的"会展时间"。众多展会使中山会展业一时声名鹊起。

方平说，在会展业的带动下，中山不少专业镇都建有自己的展馆。但随着专业镇内一些传统产业的转型升级，企业参加当地展会的积极性并不高。为了赢得更大的市场，不少企业宁愿选择上海，甚至国外一些专业性大展，即使不需要经费也不愿意参加"家门口"的展览。2010年之后，中山会展业也开始进入整合期。

全市"一盘棋"

2012年3月15日，2012年中国（中山）红木家具文化博览会暨第九届中国红木古典家具展览会在中山市博览中心盛大举行。与以往不同，此次展览会上，大涌、三乡和沙溪镇联手对外打出了"中山牌"。

2013年，中山市出台《中共中山市委中山市人民政府关于印发大力实施"新三百"计划促进骨干企业加快发展工作方案的通知》，在2012年实施的"三个一百"的基础上，通过"新三百"计划，使得中山企业由"星星多，月亮少"转向"星月同辉"的格局，并在原来"一镇一品"的基础上，打造"多镇一品"，使中山经济由"镇区牌"提升为"中山牌"。

2013年12月26日，历经8年的奋战，神湾镇金凤路终于全线开通。从此，从中山南区上高速，驶入广珠西线，到三乡、神湾高速出入口下来，再接上金凤路，只需约半个小时车程就能抵达神湾镇。而神湾镇到三乡镇中心区也由过去1个多小时的车程缩短至约20分钟。金凤路的开通，对神湾镇来说是一个标志性事件。金凤路打通了神湾镇的动脉，时间和空间上的变化，为神湾镇赢得了发展时间。

金凤路开通的第二天，27日上午，古镇海洲螺沙新桥至小榄永宁道路1.88公里"断头路"也终于打通，完工通车了。"断头路"一一"接头"，为"全域中山"发展吹来一股清新而强劲的风。

在大交通战略之下，中山正通过"一张网"强化发展张力，主城区与镇区之间、镇与镇之间的时空距离缩小了，经济发展更具活力。中山市通过设立项目流转"内部超市"，健全镇区之间的利益协调和补偿机制，引导有项目但无土地或项目不符合区域产业规划的镇区，将项目安排到其他镇区。

"全域中山"逐步打破发展的"天花板"，使得经济发展由镇区"各自为战"转变为全市"一盘棋"。腾出了空间，中山就能通过实施"新三百"计划，培育更多的百亿级企业和千亿级产业集群，打造"航空母舰"，组建"联合舰队"。

六、省委书记点赞"五子模式"

时间倒回到2005年。

阳西土生土长的陈志光,在老家过完春节后,又准备背起行囊前往他打工的省份——福建。

舟车劳顿不说,长年在外打工,陈志光的心里总有一种"飘"着的感觉。

阳西,地处粤西地区,阳江市辖内的一个小县。全县总面积1455平方公里,海岸线长126.6公里,是"中国小刀中心"、"中国塑料吹膜级色母粒生产基地"、"国家级近江牡蛎吊养标准化示范区"、"广东省山歌之乡"。

2005年之前,这里的工业主要以小工业、轻工业为主,农民收入除了闲时打鱼、种农作物之外,就是跑到珠三角的工厂去务工。然而2005年之后,这里的生活方式、致富途径悄悄地发生变化。

产业转移势不可挡

2005年3月,广东省委、省政府《关于我省山区及东西两翼与珠江三角洲联手推进产业转移的意见(试行)》出台,确立了省推进珠江三角洲产业向山区和东西两翼转移、与珠三角合作共建产业转移工业园的战略举措,并确定了合作模式和扶持政策,由此奠定了广东省产业转移政策的框架。此时的中山人,秉承"敢为天下先"的精神,积极响应这一号召,拉开产业转移的序幕。这一年内,中山火炬开发区与阳西县率先响应省委、省政府实施产业转移的号召,联手共建中山火炬(阳西)产业转移工业园(以下简称阳西园区)。2005年2月2日,中山火炬高技术产业开发区管理委员会与阳西县人民政府正式签订了《合作开发协议书》。3月21日,由中山火炬高技术产业开发区管理委员会发起,以该区内六大集团公司为股东组建成立阳江市中阳联合发展有限公司,负责园区的开发、经营和管理。3月25日,中山火炬开发区、阳西县两地共同举行阳西园区奠基典礼,正式拉开了园区建设的序幕。

作为全省最早动工建设的产业转移工业园,阳西园区实现了一个神奇的速度。2006年6月和8月,在接受省政府先后两次组织的专项督查中,被一致认为是目前全省"建设进度最快、招商成绩最好"的产业转移工业园。

2007年2月1日，中山火炬（阳西）产业转移工业园举行开园暨10个项目竣工、动工、奠基的庆典活动。管理服务中心、产业转移厂房在中山火炬（阳西）产业转移园内拔地而起，园内一片繁忙。昔日荒芜的小山坡在不到3年的时间内获得开发，成了致富的"聚宝盆"。

新阳西人

"我是2008年从中山随着工厂转移到阳西来的，现已把户口转到了阳西，一家人成了新阳西人。"阳江振杰日用品有限公司（以下简称振杰公司）总经理张春根说，振杰公司是最早一家从中山火炬开发区转移到阳西园区的企业。

振杰公司是较早落户中山市的一家台资企业。张春根说，由于企业生产规模的扩大受土地、劳动力等限制，振杰公司急需通过产业转型升级实现发展。2008年，振杰公司高层到中山火炬（阳西）产业转移工业园考察后，通过综合比较，决定把生产基地转移到阳西园区内。老板派张春根来这边负

中山火炬（阳西）产业转移工业园（王峰　摄）

责全面工作。"除了高薪之外，还有管理分红，我已在阳西购置了一套商品房，入了户，现在阳西的配套都上来了，消费的地方也很多，很便利。"张春根满脸洋溢着幸福。

在振杰公司的带动下，2008年之后，中山不少制鞋、制帽、制衣类的台资企业陆续入驻阳西园区，如通贸、隆成等知名台资企业。这些企业内的不少员工在阳西县城买了房。

张春根按他在2013年买房的物价水平，粗算了一笔账：他们实施的是计件工资，员工平均工资可达2500—3000元/月，其中大约有10个员工的月平均工资在3000元以上，一年下来也有近4万元的收入，按照当时阳西房价2000元/平方米左右的水平，员工在供楼方面不会太吃力。

"如果在珠三角，这个工资水平，买房是不敢想的事，而且入户的门槛也高很多。"张春根说，很多阳西本地人从珠三角回来后就不再去珠三角了，而是选择在阳西园区"家门口"就业，收入差不多，幸福感却明显提升了。

老乡也回家创业

陈志光是土生土长的阳西人，因为阳西园区的成立，他得以结束长期漂泊在外的日子，回到家乡创业。

现为广东美味源香料股份有限公司（以下简称美味源公司）总经理的陈志光回忆说，早在2004年，美味源公司开始筹建，2005年注册投入生产，起步时注册资金只有70多万元，租用的厂房面积只有500多平方米，一开始只从事食品、食用香精等产品的生产。其实，当时的陈志光不过是公司的一个小股东，主要精力还不是放在美味源公司。

1995年从湛江海洋大学毕业后，陈志光到福建打工，而且一住就是十年。大学学食品添加剂专业的陈志光这十年从事的工作主要也是与食品有关。"最初由于管理不规范等各种原因，企业连续亏损，后来有些股东也慢慢退出，直到2007年我才算是开始真正接手。"陈志光回忆说，当初看到企业的状况，心想如果企业就这样死掉太可惜了，于是就回到阳西，开始真正的创业。

2008年3月，美味源公司正式落户阳西园区。作为全省首批产业转移园的阳西园区，经过3年多的发展，一期的各类基础设施基本成形，到2008年时，有不少企业陆续选择在园区落户。"当时还是租用别人的厂房，大概租了4000—5000平方米，直到2010年时，我们才买地，建自己的厂房。"陈志光说，2012年时，阳西美味源（公司）开始更名为"广东美味源"（公司）。

在园区有自己的厂房，陈志光的舞台一下子大了很多。陈志光说，美味源公司在产品开发方面投入了大量的人力、物力，每年投入的研究资金达300万元。特别是在美拉德反应、多酶法水解、超临界萃取、微胶囊技术方面，美味源公司走在了行业的前列。凭借过硬的研发实力和产品质量以及香精香料行业大环境的成熟，在市场经济大潮中，美味源公司取得了较好的经济效益和社会效益，赢得了一定的客户群体。

美味源自2008年落户阳西园区后，每年都实现25%以上的增长。

陈志光说："在新三板挂牌还不是我的目标，我们计划2017年提交IPO申请，希望那时公司能在中小板上市，到2020年，希望公司能成就一千个百万富翁。"

创业梦的大舞台

与陈志光一样，1998年大学毕业的吴启瑞来到顺德打工，当时主要是卖

饲料。不过，那时他在珠三角只作了短暂的停留。1999年，吴启瑞回到了家乡阳西县。2005年，他在阳西县城注册成立了一间名叫冠华的制帽公司。

"2009年年底时，园区有点规模了，那时我经常开车到这一带转悠，看到园区很漂亮，心里想，要是自己的工厂能到这个园区建厂房，不就有更大的舞台了吗？"吴启瑞回忆说，当时在阳西园区管委会招商办的热情帮助下，他在园区购买了20多亩地，2011年开始建厂房，2012年竣工，2012年底正式投入使用。后来，他又把工厂旁边的20多亩地也买了下来。

入驻园区之后，每年吴启瑞的冠华制帽公司的产值都有增长，而且基本没有出现过淡季。2015年3月5日，在十二届全国人大三次会议上，李克强总理在政府工作报告中首次提出"互联网+"行动计划。制定"互联网+"行动计划，推动移动互联网、云计算、大数据、物联网等与现代制造业结合，促进电子商务、工业互联网和互联网金融健康发展，引导互联网企业拓展国际市场。

对互联网相当敏感的吴启瑞看到了一个新商机。作为阳江市服装鞋帽行业商会副会长、阳江市电子商务协会常务副会长的吴启瑞说，他现在还是阿

2015年中山火炬（阳西）工业园在省考评中喜获"4连优"。（王峰 摄）

里巴巴在粤西地区的第三方服务商,现在阳江地区也有不少制帽企业跟着他学用互联网做生意,他也将与行业共同分享"互联网+"带来的新商机。

突破瓶颈,见证成长

阳西园区及园区内企业家的成长,李晶最清楚不过了。

"园区给人的初始印象是:一些小型的、传统的、低端的企业从发达地区梯度转移出去。其实,自中山火炬(阳西)产业转移工业园成立以来,如何招商,围绕什么招商一直是园区管理者们在思考的问题。"阳西园区管委会常务副主任李晶说,作为一个园区,应该有一个鲜明的主题产业。早在2007年8月11日,在中山火炬(阳西)产业转移工业园台资鞋业制造基地投资推介会上,阳西园区就被定位为:全省最大的制鞋基地。

他回忆道,当时招商团队还到东莞厚街与台商制鞋企业家进行座谈会,通过多种形式进行招商,但最后的效果并不明显。后来招来招去只招到一家制鞋企业,这家制鞋企业是从南朗通佳鞋业转移过去的,显然,制鞋产业定位并不成功。

阳西园区从"全省制鞋基地"到"绿色食品基地"的转换,正说明了其

光伏产业助力"绿色园区"建设。(王峰 摄)

在产业转移方面一直在探路。

美味鲜作为中山的龙头企业之一，自2007年搬到火炬开发区之后，发展迅速，但同时，在中山的工厂已达到生产饱和，因发展需要也要考虑扩厂。该企业选址除了要求大面积之外，还需要良好的阳光、空气、水。

开启"绿色主题"

为响应广东省委、省政府"双转移"政策的号召，满足企业自身快速发展的需要，2011年10月，美味鲜与阳西县人民政府、阳西园区，就美味鲜在中山火炬（阳西）产业转移工业园投资建设"广东厨邦食品有限公司食品生产项目"签订了三方合作意向书。

这一"签"，给阳西园区开启了一个"绿色主题"产业。

2014年11月8日，阳西园区内的龙头绿色食品企业广东厨邦食品有限公司的首期工程正式投产。这是美味鲜厨邦阳西项目一个新时代的开始，也是中山火炬（阳西）产业转移工业园一个划时代的开始。

在当天的典礼上，作为广东厨邦食品有限公司（以下简称厨邦公司）总经理的杨明泉亲自担任活动主持人。他铿锵有力地说："三年前，我们选择阳西，成立厨邦公司，建立新的大型食品生产基地；今天，首期工程顺利投产，我们站在了新的起点上；今后，厨邦公司将扎根阳西，迈向更辉煌的未来。"

张卫华说，经过近三年的筹划建设，从项目签约到首期项目投产，厨邦公司在原来的一片丘陵山地上起步，变成了如今一座极具规模的现代化食品生产基地。

厨邦公司是阳西园区内的"巨无霸"企业。该公司生产项目总占地面积超千亩，总投资规模15亿元。项目分三期建设，全面达产后，可形成年产100万吨系列调味品及相关绿色食品的生产能力。目前，首期工程共建成39个单体，建筑面积约11.5万平方米。7条酱油产品生产线于2015年6月28日开始试生产，现已形成日生产10万箱酱油的生产能力；鸡精、鸡粉产品在2015年11月底开始试生产；罐头类产品在2016年春节后投产。

"厨邦公司的食品生产项目的建设，是美味鲜抓住省产业转移的有利时机，向大型食品企业集团跨越的重大举措。项目全面建成后将成为我国最大型的调味品及相关食品的生产基地之一，是一个高起点、高标准的现代化示范性食品生产基地，将成为美味鲜未来快速发展的最重要平台。"张卫华说。

像美味鲜这种扩张型企业，产业转移是最有生命力的。事实证明这条路走对了。美味鲜项目的进驻，很快就吸引了一些配套企业进来。广东省盐业集团有限公司在阳西园区投资超过5000万元，建立盐业配送中心及科研生产基地；佛山市粤玻实业有限公司投资2.5亿元在阳西园区生产日用玻璃制品；中山宏利纸品有限公司投资5000万元在阳西园区生产包装材料；中山市东塑容器有限公司投资3000万元以上生产塑料制品。

产业转移还是要遵循市场规律，绿色主题产业的定位让园区找到了一条发展的新路。阳西园区在建园伊始就引进中山火炬开发区的成功运作模式，从顶层制度设计上保证园区的成功。这套在全省首创的运作模式概括总结为"政府合作、公司运作、利益共享、共赢发展"，着力突出市场机制在资源配置中的基础性作用，突出企业的市场主体作用。

"五子模式"备受肯定

建园方式简单地概括起来就是"打牌子、派班子、出票子、闯路子、分果子"的产业转移"五子模式"。2011年广东省委书记胡春华、省长朱小丹先后在园区调研，对这种市场化框架下的合作方式和发展模式给予了充分肯定。2013年，中共中央政治局委员、广东省委书记胡春华在园区调研结束准备上车时说，这样的园区可以多办几个，这充分说明了胡春华书记对园区发展的肯定。

"打牌子"即利用火炬开发区多年积累形成的品牌优势和阳西资源丰富的优势，增强投资者的信心；"派班子"即火炬开发区派出具有开发、经营、招商、管理和服务经验的骨干到阳西组建新的运营公司管理班子，将先进管理经验和发展理念带入园区，确保园区开发建设少走弯路；"出票子"即由中山火炬开发区投入开发建设资金，解决阳西县建设园区资金不足的困难；"闯路子"就是不断探索、创新产业转移的新路子；"分果子"就是园区企业生产的收益地方留成部分，按约定比例分成，实现互利共赢。而中山火炬开发区又将分成所得全额投入园区的开发建设，实现了园区滚动开发的良性循环。

除了"分果子",其他"四子"后来还在中山火炬开发区与潮州经济开发区的对口帮扶项目——中山火炬科技园进行了复制。

市场化才是保持阳西园区持续发展的路子。近年来,粤东西北地区承接产业转移的软硬条件差距不断缩小,加上城镇化战略的推进,阳西园区也面临转型升级、加快发展的挑战。

标有"中山火炬(阳西)产业转移工业园助您腾飞"字样的腾飞塔与织篢高速出入口近距离对接,展翅欲飞的白鸽寓意阳西园区正进入一个新的发展时期。其实,在市场化的理念之下,阳西园区又走上一条"产城融合"之路。

2015年5月底,广东省人民政府印发了《关于2014年度省产业园建设管理考评情况的通报》,中山火炬(阳西)产业转移工业园在省产业园建设管理考评中取得良好成绩,荣获优秀,并获得相应的资金、土地利用计划指标等奖励。阳西园区自2011年以来已连续四年获得该项殊荣。

2015年6月15日,中共中央政治局委员、广东省委书记胡春华一行到中山火炬(阳西)产业转移工业园调研并检查推进粤东西北地区振兴发展工作情况,重点视察了园区绿色食品龙头企业——广东厨邦食品有限公司的生产情况。他充分肯定了近几年中山火炬(阳西)产业转移工业园在振兴粤东西

广东厨邦食品有限公司现代化的大晒场(王峰 摄)

北发展战略指引下，扩能增效和产城融合发展取得的成效。

中山火炬（阳西）产业转移工业园近几年在中山火炬开发区和阳西县两地党委、政府的大力支持下，以打造"绿色食品专业园区"、建立"工业新城"为目标，着力推动产业向园区集中、园区向城镇集中，在2011年至2014年连续4年荣获全省产业园建设管理考评"优秀园区"称号。目前园区引进了广东美味鲜厨邦（阳西）生产基地项目、中国供销阳西海洋及农产品物流园项目、广东三新海产品深加工项目、广东顺欣海产品深加工项目和广东新供销天润粮油集团（粤西）加工交易基地等一批重大绿色食品项目。随着大项目的陆续建成和投产，产业集聚进一步提升，"绿色经济"发展势头劲猛。园区的扩能增效推动阳西当地的产业升级和经济繁荣。

阳西园区通过构建技术、物流、生活三大公共服务平台，为绿色食品产业健康发展提供保障和支撑。一是以园区产业创新服务中心、厨邦食品检验检测技术中心、华工产学研基地、粤西盐业研发中心为依托，整合形成园区公共技术服务平台。二是依托广东三新、广东顺欣企业的冷库、冷链和九州通医药物流为基础，整合构建公共物流服务平台。三是通过鼓励投资、合作、自营等方式，加快发展第三产业和现代服务业，打造形成完善的公共生活服务平台。

成功经验终成范式

2013年7月，广东省委、省政府出台《中共广东省委、广东省人民政府关于进一步促进粤东西北地区振兴发展的决定》，对促进粤东西北地区振兴发展工作作出全面部署，出台一系列重大扶持政策，通过快速交通、产业园区和城区扩容等三大抓手，力促粤东西北突破发展瓶颈。

《中共广东省委、广东省人民政府关于进一步促进粤东西北地区振兴发展的决定》从广东发展全局的战略角度，提出要把粤东西北打造成广东发展的新引擎。这为产业转移提供了重大战略发展机遇。阳西园区将借势而为，继续发扬艰苦奋斗的创业精神，打造产业转移新高地，创造产城融合新领地，实现阳西园区跨越式发展。

中共阳西县县委书记许培业曾描绘了园区的规划建设：中山火炬（阳西）产业转移工业园以生态式新型工业园区为长远目标，规划总用地面积

766公顷，首期开发266公顷，其中首批开发100公顷。整个园区建成后将产生工业总值300亿元以上，创造税收15亿元以上，并可为8万人提供就业机会。许培业说，园区的建成对整个阳西的经济、社会将产生十分重要的影响。

中共中山市委常委、火炬开发区党工委书记、翠亨新区党工委书记侯奕斌对阳西园区的发展寄予厚望：将以阳西园区二期建设为契机，以美味鲜项目为龙头，立足引进一批投资规模大、产值税收高的食品生产加工配套项目，全力将阳西园区打造成为全省最大的以绿色食品为主导的产业转移示范园。

绿色主题产业梦想，正在中山火炬（阳西）产业转移工业园上加速实现。中山火炬阳西园区也正为全省产业转移探出新路。

如果说"全域中山"是中山立足本土深挖潜力，那么产业转移，则是中山向外拓展，寻求更大空间的重要举措。

在产业转移战略中，除了中山火炬（阳西）产业转移工业园之外，中山与河源、肇庆等城市也开启了新篇章。

中山（河源）产业转移工业园于2005年由中山市与河源市政府共同设立，是全省首批"示范性产业转移工业园"。2015年3月12日，经国务院批准，以产业转移为始创建的河源市高新区正式升级为国家高新技术产业开发区。河源高新区成为粤东西北地区首个国家级高新区。中山肇庆（大旺）产业转移工业园于2007年7月由中山市政府与肇庆市政府共同创建，也是首批省级产业转移示范工业园，2004年7月被省政府确定为广东省吸收外资重点工业园区和广东省山区吸收外资示范区；2008年8月获选为广东省首批示范性产业转移园；2010年9月，产业转移园所在的肇庆高新区成功升级为国家高新区。

2013年底，中山在对口帮扶潮州工作中创新探索合作共赢模式，共建中山（潮州）示范产业转移工业园区，推动产业向潮州扩张性转移。2014年"3·28"经贸招商期间，中山首次举办了"中山美居"暨潮州工艺美术产品展，整合中山和潮州的产业优势，抱团拓展经济发展空间。

七、"1+7创新工程"增添新动力

"广东进入创新驱动发展新阶段,战术是'扬长补短',扬市场之长,补科教之短。"

2015年2月11日,在广东省人大会议上,代表们对广东如何实施创新驱动发展战略展开热议。

"专业镇是中山经济的重要基础,但在新常态下,如果仍然按照传统方式发展下去,不仅发展难以为继,而且过去的财富也会变成包袱。因此,我们将创新专业镇发展作为实施创新驱动发展战略的主阵地,将建设新型专业镇作为落实主题主线的主战场。"省人大代表、中山市委书记、市人大常委会主任薛晓峰在发言中如此形容打造新型专业镇的紧迫性。

经过十多年的发展,中山的专业镇经济在迅速形成产业集聚、培育特色产业、吸纳劳动力就业、提高产业竞争力等方面发挥了重要作用,成为支撑中山经济发展的最大特色和优势。但由于缺乏有序的产业规划和引导,一些专业镇仍处于低水平的产业集聚形态,存在产业层次低下、无序竞争严重、要素支撑力薄弱等问题。创造了无数辉煌的专业镇,在传统模式影响和束缚日益加深的今天,消除行政藩篱、提升产业层次、推动产城融合、摆脱要素资源约束等势在必行。

在薛晓峰看来,如果中山的新型专业镇闯出一条成功之路,将为全省专业镇转型升级提供重要引领和示范作用。因此,中山将在加快发展战略性新兴产业的同时,把加快新型专业镇发展作为落实主题主线主战场,以创新为引领,以资源整合为核心,以市镇联动为保障,以民生福祉为根本,实施新型专业镇"1+7创新工程",即科技创新、模式创新、组织创新、集群创新、要素资源集约创新、产城融合创新、生态环境创新、人才创新,以此来打造有技术、有张力、有效率、有活力、有统筹、有智慧的新型专业镇。

2014年11月21日上午,中山市召开科技创新工作会议暨科技成果奖励大会。虽然此时已为初冬,南国的天气也有丝丝凉意,但松苑路一号中山市政府会议中心一楼会议室里却温暖如春。

"中山城市综合创新能力晋升全国地级市的第四位,2012年中山创新能力排全国的第十位,短短两年位次提高了六位,这是很了不起的成就,非常可喜。科技投入不断增加、全市发明专利申请量不断增长……"薛晓峰在讲话中指出,全市科技创新蔚然成风,成效初显,蓄势待发,前景光明,相信全市一定能走出一条以科技创新带动专业镇创新的路子。

薛晓峰说,市委市政府最近提出建设新型专业镇,其中核心战略就是科技创新战略。科技创新可以降低成本,提高效率,因此一定要把科技创新作为建设新型专业镇的突破口。什么叫专业镇?专业镇的全名就叫做"科技创新专业镇",从这个角度上来讲,是回归专业镇的本意,是充分发挥专业镇应该发挥的作用,是返璞归真、是发扬光大。

"中山靠专业镇起家,无论过去还是将来,专业镇发展都是全市经济的基本支撑。中山经济结构调整、产业转型升级的主战场在专业镇,实现在优化发展、创新发展中加快发展更离不开专业镇。"在当天的会议上,薛晓峰说,"五四运动"高举的两面旗帜,一个是"德先生",一个是"赛先生",德先生Democracy就是民主,赛先生Science就是科学。我们要请来"赛先生"、用好"赛先生"、尊重"赛先生",充分发挥"赛先生"的威力,助推新型专业镇的发展,助推中山建设创新型城市。薛晓峰要求,市委市政

美丽中山(明剑 摄)

府及各级有关部门要当好科技创新的"后勤部长",服务好科技创新企业,给予政策上的支持,为科技创新扫除障碍,开辟绿色通道、快速通道。

早在2012年9月,为深入贯彻落实《珠江三角洲地区改革发展规划纲要(2008—2020年)》和省第十一次党代会精神,进一步发挥专业镇在加快转型升级、建设幸福广东中的重要作用,广东省委、省政府出台了《中共广东省委、广东省人民政府关于依靠科技创新推进专业镇转型升级的决定》。该《决定》强调:广东省专业镇经过十多年的发展,已经成为区域经济社会发展的重要支柱,成为广东省产业集群集约发展和小区域特色经济发展的主要形态,成为推动广东省工业化、城镇化和农业现代化的有效发展模式。在广东省经济结构深刻调整、科技创新日趋活跃的大背景下,要求专业镇必须加快转型升级,适应日趋激烈的国际国内竞争。

推进新型专业镇发展,是中山交给省委、省政府的一张经济转型答卷,是继往开来建设"三个适宜"更加美丽中山、提升市民幸福和美指数的探索实践之路。

薛晓峰说,中山的专业镇乃至经济发展都处于重要历史转折期,前景广阔但困难重重。逆水行舟,不进则退,加上国内正处于增长速度换挡期、结构调整阵痛期和前期刺激政策消化期,面临的是前人所未曾经历的艰难险阻。但是,就像大自然的脚步一样,"冬天来了,春天还会远吗?"

第五章
高企打响"科技牌"

　　科学是发展的重要内在推动力,高新技术企业是指在《国家重点支持的高新技术领域》内,持续进行研究开发与技术成果转化,形成企业核心自主知识产权,并以此为基础开展经营活动,在中国境内(不包括港、澳、台地区)注册一年以上的企业。它是知识密集、技术密集的经济实体。

　　在中山经济发展史上,除了改革开放之初创下众多国内"第一"以及被津津乐道的"十大舰队"、蓬勃发展的专业镇、集群经济之外,其实还有一个有趣的现象:一些"老字号"企业在时代的大潮中,展现了企业改革的魄力和发展定力,他们扎根中山本土,依靠科技创新的力量,由"老字号"变身为"高新技术企业",精雕细琢,静静发力,不管岁月如何老去,依然根深叶茂。

一、"老字号"背后的力量

舌尖上的创新

始创于1918年的"百年老字号"——咀香园健康食品(中山)有限公司(以下简称咀香园)在其发展史上有这样一段描述:

潘雁湘(1880—1954年),女,又名"三家"。幼年丧父,家贫,随母在地主家为婢,后来学得一手制饼的好手艺。1920年代初,前来石岐萧友柏家为佣。1918年萧的母亲生日,萧妻要潘制作点心以款待亲友。潘用绿豆去壳、晒干炒香后,磨研成粉,并混以油糖,中心夹一片经蜜饯浸泡之肥猪肉,用饼印压制成饼,然后经焙、烘、焗等工序烤出饼食。该饼甘香浓郁,入口酥化。此后萧友柏筹集资金,雇请潘为师傅,在石岐兴宁里八号萧屋里开设工场,专制这种饼出售。因萧友柏又名萧咀,加上这饼有杏仁味,故名"咀香园"杏仁饼。

1956年,咀香园饼家与石岐20多家私营饼店合并,成立咀香园糖果饼店加工场,扩大了生产场地,增加了产量。从此咀香园由私营到国营,由作坊走向企业。1978年起,咀香园大力进行技术改造,烘饼从炭炉改为电炉,原来的捞糖粉工序改为机械搅拌,动力从燃煤改为电力。2003年,咀香园公司迁至中山火炬高技术产业开发区的国家健康科技产业基地,在60亩的现代化新厂房里开始大展拳脚。

元老级制饼师傅郑术恒是咀香园发展史上的重要见证者。

1950年,郑术恒出生于中山市石岐,1964年小学毕业后,就到当时的石岐技术学校就读,以一个星期在学校读书,一个星期在咀香园当学徒的半工半读形式生活。

"在当时,能够进入国有企业上班是一件让人羡慕的事。"

当时年纪轻轻的郑术恒并没有预料到做饼的艰辛。最难忘的还是生烧炉。当时用的仍然是传统的砖炉,需要人手烧柴控制火候炉温。每天清晨6点,负责烧炉的工人就要赶在其他人上班之前回到工厂,烧好炉,方便烘焙。

炉烧得是好是坏,全凭烧炉工的经验。为了学习烧炉技术,郑术恒每天提前一个半小时回到车间。在火热的炉前一站,就是4年,不管春夏秋冬,严寒酷暑。

郑术恒说，旧时砖炉烧柴，当然没有什么恒温系统设置温度。炉烧得好不好，就要靠自己的一双手。

"现在先进的'隧道炉'，全长88米，月饼从这头进去，还是雏形，从那头出来的时候，已烘焙成金黄色，而且温度由电脑控制。"郑术恒说，现在舒服多了。

在郑术恒的记忆中，昔日做饼全靠手工，每年做的月饼只有8—10万个，但却要经常赶工。尤其是出口的月饼，为了不误船期，他都不知尝过了多少日夜赶工的滋味。郑术恒记得，最忙的一次，他从晚上7点一直站到第二天早上9点，一刻不停地赶制月饼，然后又从下午1点工作到第二天凌晨2点。郑术恒说，以前的师傅，为赶货，经常站得脚也肿了，由于经常要拍饼印，手腕处红肿也成了常有的事。

2010年退休后，郑术恒愉快地接受了咀香园的安排，回到公司为中山乃至广东培养焙烤技术人员。如今，他每天也和往常一般，按时上下班，更多的精力是向年轻的技术工人无私地传授技术。对郑术恒来说，如今最得意的事就是带出一批高徒。这些高徒中，其中全国金牌选手4名，银牌选手8名，铜牌选手10名。他培养了全国技术能手3名，其中金牌选手吕瑶瑶成了中山市高级人才协会最年轻的理事，享受政府津贴。

吕瑶瑶出生于1988年，现担任咀香园内的省工程技术研发中心副主任。2012年获全国第十三届焙烤技术大赛个人金牌，2012年获全国青年技术能手称号，2012年获中山市杰出青年技术能手称号。

大四下学期，吕瑶瑶到咀香园公司开始接触焙烤工作，因实习表现优异，大学毕业后被留下来工作。吕瑶瑶说，2010年1月，第一次踏入咀香园，就喜欢上这座花园式的百年老店，喜欢上这里的企业文化。

在咀香园工作不到两年时间，吕瑶瑶便迎来了一次展现自我的机会。2012年全国第十三届焙烤职业技能竞赛在上海举办，吕瑶瑶有幸参加了这一国家级赛事。令吕瑶瑶没想到的是，在此次比赛中，她凭实力获得总决赛个人金奖及"全国青年技术能手"称号，成为广东省唯一获此殊荣的人。

在咀香园公司，这种"重量级"的技术人物还真不少。咀香园健康食品（中山）有限公司，邬海雄焙烤食品加工制作技能大师工作室的领办人邬海雄凭借其掌握的烘焙糕饼制作技艺精髓，获得"第十五届全国焙烤职业技能竞赛金奖"、"全国技术能手"、"全国焙烤食品行业优秀技师"、"中山市优秀专家、拔尖人才"等荣誉称号。他还指导和带领年轻选手参加全国职业技能竞赛,在职业技能型人才的培养方面形成自己独有的新型师徒人才培养模式。

2015年9月,国家人力资源和社会保障部、全国博士后管委会联合下发通知,公布了2015年获批准设立博士后科研工作站的单位名单,咀香园公司获批准设立博士后科研工作站,同年12月底又获准设立院士工作站。

博士后工作站的获批建设,为"老字号"咀香园增添了又一轮创新动力。咀香园是珠三角最大的焙烤食品厂家之一,产销量稳居行业前十,建有"广东省企业技术中心"和"广东省焙烤食品工程技术研发中心",并在2014年设立了"食品科学与技术国家重点实验室咀香园分实验室",与大连大学共建了"国家海洋食品工程技术研究中心咀香园产业化基地"。

咀香园公司首席技术官、教授级高级工程师张延杰说,咀香园获批建立博士后科研工作站,将主要开展广式焙烤食品中丙烯酰胺形成机理与含量控制、隧道烤炉过程节能与余热回收关键技术、高不饱和脂肪酸在焙烤食品中

张延杰在指导研究生工作。(郭凤屏 供图)

的应用及其抗氧化稳定性等研究，同时依托已设立的国家重点实验室分室，开展海洋资源基料在焙烤食品中的应用及其产业化等方面的研究。

张延杰既是技术上的专家又是一个文化人。在他的倡导下，咀香园已连续八年举办中秋月饼文化论坛，为老字号注入新活力。

经历近百年沧桑，咀香园如今已成为中山人民舌尖上的记忆、舌尖上的享受，是中山民营企业的一面旗帜。咀香园"老字号"之所以迎来"第二春"，靠的就是科研力量，创新驱动。在中山，咀香园、三才、美味鲜、香山衡器等一批"老字号"企业，就是这样一路走来。

广东三才医药集团有限公司原为创始于20世纪50年代的广东石岐制药厂，至今已有60多年历史。2003年，三才生产厂进驻国家级健康科技产业基地，完成历史性迁厂。

现在的广东三才医药集团有限公司是按现代企业制度成立的，集科研、生产、销售、物流、零售终端、医疗于一体的现代专业医药集团。广东三才医药集团有限公司董事长梁军伦说，公司的发展方向仍然是以技术创新、技术改造带动产品结构的调整，以谋求更长远的发展为价值取向。

原来位于岐江河畔的美味鲜，见证着狮滘口半个多世纪的变迁。美味鲜的前身是中山市老国有企业"石岐酱料厂"，于20世纪60年代在狮滘口（即员峰桥头）建厂，历经50多年的风雨逐渐成为中山市调味品龙头企业。2005年起，美味鲜在中山火炬开发区国家健康科技产业基地投资建设新厂区。现代化的新厂区于2010年10月建成投产。美味鲜抓住搬迁契机，开展技术创新、产业升级、节能降耗工作，在实现搬迁的同时，提升企业核心竞争力。

溯源秤"溯源"引围观

2012年5月11日至13日，在南京举办的中国国际衡器展上，一款只需输入单价，按下按钮，即可"吐"出小票的名为溯源秤的新型秤吸引了不少采购商的兴趣。"这是我们最新研发出来的溯源秤，此次是首次亮相国际衡器展。"广东香山衡器集团股份有限公司（以下简称香山衡器）负责人介绍，和以往的秤不同，这些溯源秤打印出来的小票除了印有常规的价格信息外，还附带一组溯源码。凭借这个溯源码，市民可通过市场终端和网络，查询到从菜市场买来的猪肉等商品从养殖、屠宰、批发到零售的所有环节的流通信息，这样让市民吃得更放心。

2011年5月，香山衡器与东南大学成立了香山衡器物联网技术联合实验室，并开发出5000多台溯源衡器在宁波作示范推广。

溯源秤的出现是为了提升农产品质量安全管理水平，提出一种基于混合模式的农产品质量安全可追溯系统的集成方法。利用溯源秤作为食品质量安全追溯系统终端，实现食品信息录入、传递，记录食品安全信息、交易信息，并向消费者打印质量溯源凭证（追溯码），凭借此证，消费者可以通过查询终端机、互联网、手机短信或拨打热线的方式，查询自己所购买的食品质量是否合格。

成立于1975年的香山衡器也是中山市的一家"老字号"企业。这些年来，正是通过物联网、引进新设备等科技创新手段，"老字号"的发展驶上了快车道。

说起香山衡器就不得不提到"掌舵人"赵玉昆。赵玉昆出生于20世纪50年代中期，是地地道道的中山人。70年代时的香山衡器只是中山县的一个区办企业，生产的产品是弹簧度盘秤。这个企业规模很小，年产值最多只能达到200万元，利润连20万元也不到。工人、干部加在一起有100来人。就在那时，当地政府为了加强企业的领导，从别的单位调来一位干部，这位干部就是后来当上董事长、总裁的赵玉昆。

一转眼20年过去了。当初那个只有百人的小企业已经发展成拥有2600多名职工的企业集团。2006年6月23日下午，"2006中山首届民营经济年度人物"颁奖典礼在中山金钻酒店举行。赵玉昆获得"中山市首届民营经济年度人物"。

借改革开放之东风，香山衡器实现了快速发展。香山衡器的产销量、出口创汇和市场占有率连续十几年居全国同行业第一位，产品销往全国30多个省（市、区），并出口到世界70多个国家和地区，是全球规模最大的家用衡器制造商。

企业新"包装"

2013年7月12日，对广东欧亚包装股份有限公司的所有员工来说是一个特殊的日子。就在这一天，广东欧亚包装股份有限公司以红筹模式在香港联交所挂牌上市，股票名称为中国铝罐，代码06898。这是中山市中小企业赴海外上市融资的又一成功案例。

广东欧亚包装股份有限公司董事长连运增换了一张新名片。上面写着："中国铝罐控股有限公司，香港联交所主板上市公司代码：06898，职务：董事会主席、执行董事、总经理。"

广东欧亚包装股份有限公司（以下简称欧亚包装）成立于1995年12月5日。谈起欧亚包装未来的发展，连运增说，欧亚包装铝气雾罐产销规模已是"中国第一、亚洲第二、全球第十一"，下一步目标是"亚洲第一"，同时借上市，让骨干员工持股，增强企业凝聚力，吸引更多有志之士加盟，实现欧亚包装的发展大计。

欧亚包装是国内最早进入铝气雾罐领域的厂家之一，拥有国内第一批从事铝质气雾罐行业的管理人员和技术研发人员，有着长期从事铝质气雾罐行业的研究和开发经验。近年来，在铝气雾罐的基础上，该公司成功研发了"单片式铝质啤酒瓶"，用于啤酒、红酒等饮料包装。该技术填补了国内空白，研发过程中申报了几十项发明专利和实用新型专利，并已成功生产出多款获得国际啤酒厂商和饮料厂商认可的样品，具备迅速介入铝质饮料瓶形罐行业的能力。

"公司已是广东省高新技术企业，是中国最大的铝质气雾罐制造商，是AEROBAL在中国的唯一成员，是全国唯一的铝罐（瓶）包装产业基地。"连运增说，成功上市标志着欧亚包装进入一个全新的发展阶段，未来，公司将在研发中心建设、设备引进等方面加大力度，通过技术力量实现低成本扩张。

在国家健康科技产业基地内，欧亚包装的厂房并不起眼，然而员工们却在这里用心打造了一个中国铝罐行业的"隐形冠军"。

"技术要领先，就一定要靠积累。我们通过研发中心逐步消化欧洲先进技术，从而研发出自己的东西。"该公司的高级工程师、总经理助理章耀平说，欧亚包装的团队从20世纪80年代开始进入铝气雾罐行业，当中有好几位是国内第一批从事铝质气雾罐行业的管理人员和技术研发人员，有着长期从事铝质气雾罐行业的研究和开发经验，在技术创新、市场声誉、规模和管理等方面都具有在同行中领先的优势。

"我们清醒地认识到,中国的金属包装行业还处于发展之中,与发达国家相比仍然存在较大差距。这些差距,既体现在技术层面,也体现在观念层面。技术上,不少前沿的核心技术和装备仍被某些跨国巨头控制;观念上,中国企业在研发创新方面的投入还是不够。"连运增坦言,欧亚包装要保持持续的竞争力,需在技术上再突破。

2000年以来,中山一大批原来起步较早的企业通过创新驱动,强健筋骨,提升内功,如今正成为行业内的佼佼者,行业的"隐形冠军"。

比如,燃具业界的华帝公司。1992年4月成立的中山华帝燃具有限公司,在2001年12月改为中山华帝燃具股份有限公司(以下简称华帝股份),2004年9月,华帝股份在深圳上市,2006年4月,华帝股份成为北京2008年奥运会燃气具独家供应商。2006年10月,华帝股份进驻新工业园,这里成为亚洲最大的厨卫制造基地。

在中山经济发展史上,除了改革开放之初创下的众多国内"第一",曾经津津乐道的"十大舰队",蓬勃发展的专业镇、集群经济之外,一些"老字号"企业在时代的大潮中,也展现了企业改革的魄力和发展定力。他们扎根中山本土,依靠科技创新的力量,精雕细琢,静静发力。不管岁月如何老去,依然根深叶茂,越活越年轻。

二、"关灯无人工厂"来了

关灯无人智能仓

有人估计,2016年全球工业机器人市场规模可达400亿元,家用智能机器人需求将突破800亿美元。甚至有人认为未来数年内机器人产业规模可突破万亿美元。

硅谷企业家马丁·福特是《机器人时代》一书的作者。他认为,正是快速发展的计算机和云技术,为智能机器人提供了大规模复杂运算的可能。

总占地面积2624平方米,总产出达到28亿元,平均每平方米产出超100万元,这是位于国家健康科技产业基地内的广东九州通医药有限公司通过技改创下的奇迹。

2014年11月7日,广东九州通医药有限公司(以下简称九州通)物流公司常务副总叶自科对前去调研"机器换人"课题组的专家说，九州通应用物联网技术打造"关灯无人智能仓"，已成为华南地区效率最高、土地利用率最高的自动化立体仓库，节约仓库面积2万平方米，作业效率提升60%，成本费用下降65%。

早在2009年9月，九州通的"关灯无人智能仓"项目就正式启动了。

叶自科说，这个项目属九州通公司物流中心第三期工程，最大特点是向空中发展，高度为23.95米。这个"关灯无人智能仓"具有空间利用率高、速度快、节能、准确、智能化程度高等特点。

该自动化立体存储中心将国家相关标准作为基本要求，结合行业特点创新地实施了现代物流标准的建设，成功地运用了九州通医药集团拥有的自主知识产权的相关技术，共配备了8个巷道、8台堆垛机、24列货架、3组垂直升降机、240米重型输送线、无线网络系统、物流自动化控制系统以及温湿度自动监控系统、中央空调系统、自动报警系统、消防喷淋系统等；可同时进行200个托盘/小时的入库作业与180个托盘/小时的出库作业，支持全年吞吐量可达500余万件。这个立库使九州通公司物流中心全年配送额从以前的25亿提升到约60亿元。叶自科自豪地说，完成这么大的体量，无人库一天耗电只需200多度。

叶自科说，这套系列是九州通公司自主开发维护的，九州通公司是国内唯一一家拥有该技术的企业。自2000年落户国家健康科技产业基地以来，九州通在医药物流方面就开始大胆探索，2003年开始自动化，组建了200多人的研发团队，对系统做到2年小升级，4年大换代，现在已经发展到第七代产品了。

叶自科说："过去采用的是人工分检，2万多平方米的仓库，100多人，而现在采用关灯无人智能仓，不需要人工操作，一天就可以处理5000多个客户的订单，这个智能仓相当于省去近100人所需的人力成本。"

2014年，中山市明确将创新专业镇作为贯彻落实主题主线主战场，同时积极探索传统产业转型升级的新路径，以实施腾笼换鸟、机器换人、空间换地、电商换市等"四换"工程为抓手，着力破解专业镇产业转型升级过程中面临的制约因素。其中，"机器换人"是中山市实现企业减员增效的关键手段。

智能关灯车间

九州通的"关灯无人智能仓"成了中山市"机器换人"的典范。与九州通相隔不远,同在中山火炬开发区的中山联合光电科技有限公司(以下简称联合光电)也是技术改造方面的明星企业。

在联合光电一楼注塑车间工作了好几年的张伟对车间技改感触最大。现为注塑一部主管的张伟说,引进这批成型注塑机之后,他们车间的产能比以前提升了40—50%。在"关灯工厂"的理念之下,联合光电以技改带动自动化,实现企业高效发展。

中山联合光电科技有限公司总经理龚俊强回忆说,2013年底,联合光电开始启动技改工作。2014年在技改方面,联合光电投入了超亿元。目前已经完成了一楼、二楼、三楼车间的"智能关灯车间"技术改造。

在联合光电的三楼非球面注塑成型车间走廊上,透过玻璃,只见上千平方米的生产车间内,只有几个技术人员在工作,其他工序都是通过机器完成。

成立于2005年的中山联合光电科技有限公司是一家专注于光学、光电产品研发和生产的公司。联合光电公司的产品应用于手机摄像模组、数码相

联合光电采用自动化设备后车间只需少量工人。(缪晓剑 摄)

机、摄像机、车载摄像系统、安全监控等领域，能够快速地为客户提供个性化光学产品设计（ODM）及综合解决方案。

龚俊强说，他们将在一、二楼进行"智能关灯车间"改造的基础上，加快推进三楼、四楼的自动化车间改造。联合光电在技改方面已实施大量的自动化，目前已拥有一支雄厚的研发团队，并专门组建了一个拥有30多人的自动化部门。很多自动化生产线的设备都是靠公司自身的研发部门科技人员去研发制造。

不可小觑的"小矮人"

马丁·福特说，一大波机器人正在袭来，但威胁的首先不是人类的安全，而是人类的很多工作岗位正在随之蒸发。不仅如此，整个经济市场也将面临危机，社会结构将发生巨变。他提醒，当加速发展的技术将整个体制颠覆到某个程度时，人们必须主动进行根本性的结构重组，唯此方能继续人类的繁荣。

2014年10月15日，广东省委、省政府召开全省加快先进装备制造业发展暨工业技术改造投资工作会议，对未来一段时间全省新一轮技术改造工作进行了战略部署。为了更有针对性地采取措施，增强创新驱动的实效，中山市致

TCL空调生产车间（付希华　摄）

力于完善产业创新体系，提升全社会整体创新能力，特别是在"机器换人"方面，中山在省级政策基础上出台市级政策，加大财政资金支持力度，鼓励企业进行技术改造，提高劳动生产率，为新型专业镇转型升级探寻新路径。

近年来，中山已涌现出了大自然地板、TCL空调等一大批技术改造的典型，企业主动抢占"技术红利"。

大到胀管弯曲，小到螺钉包装，在位于南头镇的TCL家电产业集团空调事业部生产车间内，自动化设备几乎渗透到每个生产环节中。TCL家电产业集团空调事业部（以下简称TCL空调）副总经理、制造中心总经理马健康说，他们除了购买大型设备之外，还通过一些小设备的引进，把自动化生产的理念贯穿到各个生产线中。TCL空调从2011年时开始小投入自动化改造，到2013年时开始大投入，未来4年还计划投入6000万元用于自动化改造。未来员工就是设备操作者。

马健康说，在TCL空调中山二厂蒸发器生产车间，现有70—80台机器，工人约200人，在同样的生产规模下，这比用旧设备的车间要节省30%左右人力。

作为生产空调核心部件的蒸发器车间，自然成了TCL自动化改造的重点。如果说，这个车间是TCL空调"大自动化"改造的话，那么TCL空调内的"小自动化"改造，更是让人眼前一亮。

在TCL空调的仓库里，一台拖着一个大货架、正在搬运的机器人引人注目。这个身高不足一尺的"小矮人"，却力大无比，走起路来一点也不逊色，不但走的路线直，而且速度也不赖。马健康告诉记者，这是他们启用的AGV搬运机器人，这个"小家伙"可以托起500公斤的货物。

马健康说，这只是他们在物流自动化方面的小小尝试，他们还将在物流自动化方面有"大手笔"。马健康抬头指着车间上方说，现在搬运主要还是用拖车，将来产品一下线，就可以自动提升到悬挂链上面，再把货物直接送到仓库里。

除了物流，就连在空调的贴膜方面，TCL也启用了自动贴膜机。只要能够自动化的，TCL空调几乎都有涉及。

"在我们这边通过系统就可以了解到工厂使用我们设备的情况，可以进行远程操控和维修。除此之外，车间生产的数据还可以与ERP对接，我们还可以帮企业优化生产流程，提升管理。"

"隐形机器人"

用中山市奥美森工业有限公司（以下简称奥美森）董事长龙晓斌的话来说，机器换人只是智能生产的第一步，先在一些标准件的生产环节减少人力，然后再进行数字化、智能化、信息化以及多网多信息融合。相对于工厂车间里的"机械手"等有形的"机器人"，这些信息化、大数据处理集成系统等则被誉为"隐形机器人"。

奥美森已经向TCL输送"隐形机器人"，这种数字化车间将缩短产品制造周期，既降能耗又省钱。

在位于小榄镇的广东亮迪照明有限公司喷涂生产车间内，只见一台喷涂机器人正在有序作业，而且站在一旁的工人只需"打打下手"。

"这是公司2013年下旬购进的喷涂机器人，2014年年初才正式运行。"广东亮迪照明有限公司喷涂生产车间经理李远奇对这台喷涂机器人赞不绝口。"这一台机器只需一个人操作就行啦，与人工喷涂相比可以节约4—6个工人，这台机器的产能相当于过去10个工人的产能。"李远奇说，这种喷涂机器人需100多万元一台，公司已购进两台。

其实，与这些提升效能的数据相比，更让李远奇感到自豪的是，这两

奥美森提供的智能化生产设备（付希华 摄）

台喷涂机器人将工人完全解放了出来。"现在喷涂工人很难招,因为人工喷涂的话,工人要接触液体,时间一长,皮肤会发痒,会有一些职业病,而且人工喷的话,有时会不均匀,使得产品质量会出现不稳定的情况。"李远奇说,这个喷涂机器人为他解了不少愁,减了不少压。

在广东亮迪照明有限公司(以下简称亮迪)里,机器化生产几乎无处不在。随着技术改造的不断推进,该公司的工人从2010年的800多人,减到2014年的170人,总体员工节约了将近80%。亮迪公司接下来的目标是引进无灯化生产线,全面实现机器化作业,更大程度地实现机器换人。

在该公司的自动化贴片机、自动化插件机车间,只见机器在忙碌,只有少数工人在操作机器。由于大面积地使用机器化作业,生产车间里已看不到过去"人挤人"的场面了。

李远奇说,在技术改造方面,他们主要是购进先进的生产、检测设备,用于提升LED灯具的生产能力,通过应用自动化贴片机、自动化插件机、喷涂机器人等,升级原有的生产力,由原来的40件/人/天到现在的4000件/人/天,生产效率提升了100倍,每个工序由原来的20人进行减至2人管控。此项目总投资2500万元,新增设备10余台,同时引进全新的ERP系统,力求精益生产,机器换人的同时实现两化融合,新增LED灯具40万台,新增销售收入4000万元以上。

"一台插件机单位时间内的插件量相当于20个工人的插件量,这台投入20万元的设备,一年半就可以收回成本。"李远奇说,以往在高峰期时,这个车间光插件工人就有30多个,而现在增加了一台插件机,工人只需10个左右。

除了减人,在增效方面也表现出"惊人"的一面。李远奇说,过去靠人工贴片,最熟练的工人用一个小时也只能贴500珠,现在用贴片机,一个小时可轻轻松松贴1.2万珠。

在"招工难"、用工成本高等一系列难题之下,有规模有实力的企业早前就开始进行技术改造、机器换人等工作,主动从"人口红利"转向"技术红利"。金点原子制锁公司研发国内先进锁芯智能生产——1个工人可代替过去34人。中山海济医药生物工程股份有限公司新GMP厂房运行后将明显提升效益,人员基本不变产能提升四倍……

机械手提高了生产效率。(文波 摄)

自主研发机械手

在中山市石岐区民营科技园,2002年成立的中山市科捷龙机器有限公司(以下简称科捷龙)的厂房规模不算大,但在机械手研发生产方面,科捷龙算是行业内的"隐形冠军"。早些年,科捷龙自主研发生产的"中国第一台卧式机用五轴伺服系列机械手",就填补了国内空白。

"全球正在经历第四次工业革命。自动化、信息化是先进制造业的关键,机器人是自动化技术的集大成者。可以说第四次工业革命仍是以机器人为基础的。特别是工业机器人的发展,与全球制造业转移息息相关,机器人替代人将是全球制造业的未来发展方向。"吴洪德说,在产业转型升级、传统产业技术改造力度加大的大背景之下,中山市生产机械手之类的"智能"装备的制造业企业也将迎来新一轮发展机遇。

1992年,从浙江大学机械工程系硕士毕业的吴洪德,在当年"孔雀东南飞"的大背景下,作为高级人才来到中山。如今,由吴洪德创办的科捷龙公司在机器人技术与应用方面所取得的研究与开发成果已获国家专利47项,版权35项。他所带领的团队一直承担着国家、省、市级研发项目。

吴洪德说,2008年金融危机之前,使用机械手的企业还不多,那时用工也没有现在紧张。2008年之后,企业对自动化的需求开始扩大了。由于用工规模较大的一些传统企业开始大面积运用机器人,这给生产机械设备的企业带来了商机。

与科捷龙一样,广东恒鑫智能装备股份有限公司(以下简称恒鑫公司)凭着过硬的技术获得了不少市场份额,同时也得到了众多资本的青睐。董事长罗赟介绍,恒鑫公司成立于2003年,是制造企业自动化集成化装备和系统解决方案的领航供应商,主营产品有工业机器人系统、自动化生产线系统、省力化无人化专机设备及AGV无人搬运车等,现已拥有全套机械加工设备以及专业的技术开发团队。该公司的产品已远销至伊朗、埃及、意大利、西班牙、墨西哥等国家。

员工短缺是企业转向使用工业机器人的主要原因之一。目前全球对机器人的需求都在上升。数据显示:2013年,全球一共售出17.9万台工业机器人,同比上升12%,创历史新高。

技术改造加快转型升级

80后的甘宁从桂林电子科技大学毕业后,先后到东莞、中山等城市从

广东恒鑫智能装备股份有限公司研发生产的机械手(缪晓剑 摄)

事电子软件设计工作。经过几番周折，甘宁最终选择在中山成立甘田机械公司，开始自主创业，研发制造"机械手"。甘田机械公司推出了一款KT920双头卧式插件机，一台机器可以节省48个工人。

甘宁说，现在这款KT920双头卧式插件机卖得很旺。为了增加科技含量，甘田机械公司汇聚了行业顶尖的研发团队，涉及编程、绘图、机加工、设计等机械领域的全方面人才，并与桂林电子科技大学、中山大学进行长期科研合作，拥有一批博士及技术顾问团队。

技术改造工作已在中山市的"再工业化"进程中发挥重要作用。2012年以来，中山市先后出台了《关于促进企业节员增效的实施意见》《关于加快我市优势传统产业转型升级的意见》《关于进一步促进企业技术改造投资的实施意见》等政策文件，不断完善技术改造政策环境，营造技术改造的良好氛围。

数据显示，2011—2013年工业技术改造投资年均增长20%。从2012年开始，中山市大力实施节员增效工程，引导和支持企业应用各类先进管理模式、先进制造技术、先进生产装备、先进信息化系统，开展改产品、改技术、改装备、改管理工作，推动企业加快业务流程改造与再造、科学化管理和"两化"深度融合进程。据统计，实施节员增效工程的三年来，规模以上工业企业全员劳动生产率年均提高12%，涌现了诺斯贝尔、联合光电、达华智能等一批节员增效示范企业。如诺斯贝尔投资1.2亿元引进全自动生产线，减少用工300人，护肤品产能提升了40%—60%。联合光电投资1.8亿元，引进并联合研发了光学镜片装配等机械手40余台，减少用工150人，劳动生产效率提高了15倍，产品质量和稳定性大幅提高。

三、给世界500强企业配套

一技在手，天下遍走

与北外环接连的沙古公路如今成了中山除105国道外的又一条"经济走廊"。在中山北外环路上，如今时常会有一些大货车载着镀锌的电梯往中山火炬开发区的方向驶去。

这里面有一段小故事。

1995年，蒂森电梯集团在中国开设的第一家工厂在中山投产。1999年3月，蒂森电梯集团与克虏伯集团合并成立蒂森克虏伯电梯集团。该集团涵盖了几乎所有的工业领域，在钢铁、资本货物、服务三个领域处于世界领先地位。2005年《财富》杂志评选的世界500强企业中，蒂森克虏伯电梯集团位居第85位。

2006年11月16日，蒂森克虏伯电梯集团中山新厂落成启用，这是蒂森克虏伯电梯集团当时最先进的自动扶梯及旅客登机桥生产基地，也是蒂森克虏伯电梯集团在全球的第四个生产基地。就在这一天，蒂森克虏伯（中国）投资有限公司总裁魏文思、蒂森克虏伯电梯股份公司执行董事会主席爱德温·艾希勒、蒂森克虏伯电梯扶梯登机桥事业部首席执行官拉蒙·索多马约三位"重量级"人士齐聚中山。

1982年，爱德温·艾希勒于德国国防大学获得信息学硕士。2002年，艾希勒加入蒂森克虏伯电梯集团。2006年10月1日，艾希勒被正式任命为蒂森克虏伯电梯股份公司执行董事会主席。

"中山新厂是蒂森克虏伯电梯集团在全球最大的自动扶梯生产基地，具有最先进的设备和过硬的技术管理人才，蒂森克虏伯电梯集团根据市场发展的需求将会考虑在中山继续投资。"艾希勒在中山新厂落成仪式上说，蒂森克虏伯电梯集团选择在中山继续投资，一方面是与中山已建立了良好的合作关系，另一面是熟悉这里的市场和人文环境。

其实，蒂森克虏伯电梯集团选择在中山继续投资还有一个重要的原因：中山民营装备企业实力增强，给这些世界500强企业形成了强有力的配套服务能力。其中中艺重工有限公司（以下简称中艺重工）提供的镀锌技术就是一个很好的例子。

"中山以前没有这样高标准的镀锌技术，蒂森克虏伯电梯集团生产的电梯只好跑到中山以外的地方去镀锌，不但运输麻烦，而且浪费时间。现在好了，中艺重工获得联合国扶持的热镀锌项目建成之后，就为蒂森克虏伯电梯集团解决了这一难题。"从事了近30年装备制造发展的中艺重工有限公司总经理林俊宇感叹道，民营企业的技术实力上来了，其实是做强了中山装备制造的产业链。产业链强了，才会吸引更多的大型装备制造业落户中山，也才能带动民营装备制造业的发展，形成良性循环。

中艺重工有限公司生产的固定式门座起重机（明剑　摄）

"华工表面"不是只有表面

中山火炬开发区创业路18号中山火炬职业技术学院实训楼第20栋,外面看起来并不显眼,然而致力于提供核心零部件表面处理关键技术的中山市华工材料表面科技有限公司(以下简称华工表面)就"隐居"在这里。

谈起华工表面落户中山的原因,常务副总经理张友生说,早在2010年,以学术带头人、华南理工大学材料科学与工程学院副院长曾德长博士为首的团队就开始与中山对接。中山市华工材料表面科技有限公司(华南理工大学材料表面工程与薄膜技术创新研发中心)是在华南理工大学、中山装备制造工业研究院(中山市科技局)和中山火炬职业技术学院共同支持下,于2012年8月成立的高新技术成果转化公司。

张友生说,高端装备制造业的发展与核心零部件的表面处理关键技术息息相关,一直以来,装备制造业的表面处理都是困扰行业发展的一大难题。华工表面定位为现代科技服务业,立足广东高端装备制造业和海洋工程的巨大市场,研发具有广泛应用前景的高性能耐磨耐蚀涂层、高端装饰涂层、新型半导体器件功能薄膜等先进材料表面技术及其装备。

"北大有方正,清华有紫方,华南理工大学在这方面还没有形成自己的品牌。"张友生称,他们的目标是经过3—5年建设,华工表面成为广东省高科技技术企业,并拥有广东省材料表面科技研发基地;经过5—8年建设,成为国家材料表面科技研发基地。

随着高端配套项目的日益完善,与世界500强相对应的产业链条也在拉长。

事实上,中山良好的产业环境,已成为吸引大型企业落户发展的强大磁力。除了装备制造外,这里的生物医药、光电、豪华邮轮等高端行业也集聚了世界500强企业。数据显示,中山对外经济贸易交往频繁,与全球200多个国家和地区保持往来,50多个国家和地区的企业在中山投资经营,吸引外商投资企业超过3600家,其中世界500强企业26家。

四、省政府百万元重奖"隆成"

105国道——一条经济走廊

作为纵贯中山的交通动脉,105国道一直为中山经济发展作出巨大贡献，让沿线中山人享受"马路经济"带来的红利，沿线形成小家电、汽车销售服务、家具产业等诸多产业带。有关部门统计，2014年105国道沿线镇区生产总值、税收收入超过全市的30%，是中山主要的经济大动脉。

"这条路新中国成立后就有了，"中山民俗学家李汉超回忆道，"20世纪70年代的105国道还是泥沙路。105国道就好比一条大动脉，是中山经济的'黄金走廊'。沿线支路就好比毛细血管，构成中山经济发展的一张网。"李汉超说，中山经济最早是沿105国道发展的，比如早期的中山拖拉机厂就在1954年选择建在沙朗。90年代初，隆成、宝元、皇冠等台资、港资企业都沿105国道分布于中山。

今天，105国道沿途的东凤、小榄、东升、西区、沙溪、南区、板芙、三乡等已成为经济重镇，而且很多知名大品牌企业都在这条路两旁。这里成为中山经济中最靓丽的一条"经济走廊"。

李汉超在沙朗工作的那段时间也正是沙朗加速发展的时候。现在的沙朗汽车一条街、中山市果蔬批发市场、沙朗金叶广场这些专业市场正是在那时开始形成雏形。发展到今天，这些专业市场不仅是中山经济发展的标志，在珠三角地区也颇有知名度。

1968年，李汉超从广州下乡到中山民众公社，1985年从商业局到商业实业公司、商业发展公司当经理，他大刀阔斧引进黑人牙膏代理、纸尿裤等数个大项目，企业办得红红火火，后来又做了当时沙朗镇的副镇长。

李汉超说，20世纪七、八十年代，105国道还是两车道，路两旁种了尤加利树，周边基本上都是水田。1985年扩建时，沿途的镇区还有很大意见，村民不明白，为什么要拿那么多的地来修路，而不是种水稻。当时扩建主要是观念上的阻力。

当时的105国道经过沙朗然后从石岐区穿城而过（现在的岐关路），这给处于郊区的沙朗的率先发展带来难得的机遇。

黑人牙膏、名人电脑等在国内叫得响当当的品牌，1995年左右选择落户沙朗镇，使得沙朗成为中山早期工业和商业的聚集地。"当时，整个105国道沿浅经济最繁荣的应该算沙朗段。"李汉超分析，一方面是105国道经沙朗而过，另一方面沙朗与石岐城区近，可以受到城区的经济辐射。

据李汉超回忆，20世纪七、八十年代，中山的另一个镇东升还有一个

"鸡笼"的称呼。当时周围的田堤上都种有竹子，村民农闲时就编织鸡笼，当时路很窄，运输也不便，加上也没有什么大的市场，有些村民就把105国道作为"市场"，在马路边上进行交易，这也是最基础的"马路经济"雏形。

在东升，1987年，黄英源第一次从台湾来到大陆。作为一个从事婴童用品生产的企业家，黄英源一眼就看中内地数量众多的人口和相对便宜的劳动力价格，他深信随着人民生活水平的提高，童车一定有广阔的前景。1988年5月，黄英源在中山签订中山市隆成日用制品有限公司（以下简称隆成）的投资协议。黄英源把隆成的厂址设在位于105国道旁的东升镇。签约后，马上动工建厂，同年11月，公司正式开工生产。一个月后，发出了第一柜货。

在这条当时被誉为中山"经济走廊"的交通要道上，黄英源发挥聪明才干，开启了创业的梦想。

果然如黄英源当初考察项目落户时所料，隆成落户中山后，得到了长足的发展。与一般的童车生产厂家略有不同，隆成早在1992年、2000年便成立了技术开发中心，通过设计研发，始终走在技术的前端。该公司拥有资深研发工程师近百名，并依靠投入最优的人才与最雄厚的资金来保障产品的持续开发、创新，不断保持在业界的领先地位，并高度重视自主知识产权的保护。

2012年7月24日，在全省知识产权工作会议暨广东省专利奖励大会上，中山市隆成日用制品有限公司获得了广东省政府100万元专利奖金。在第十三届中国专利奖评选活动中，隆成公司的"婴儿车"外观设计专利，被国家知识产权局授予中国外观设计金奖。这是中山市首次有专利技术荣获国家专利金奖。

中国专利奖对获奖者的奖励和表彰始于2003年，为政府奖励。由省政府召开表彰大会，对广东获得中国专利金奖和优秀奖的单位（个人）分别给予每项100万元和50万元奖励。2012年共有6项国家专利金奖获得省政府的100万元奖励。

隆成获奖的专利名称为：婴儿车，专利号：ZL200930188271.4。设计者杨正帆、游永富介绍，该设计着重彰显"人文关怀"的设计理念，利用前、后支撑架大圆弧的造型设计，突显了空间动态感之视觉效果，营造出一种开放式的温暖迎接氛围，显现出整体人性化的设计。该设计大量采用工业设计元素，将座位安装于骨架中心转座，并利用由中心向四端延伸的支撑脚架，不仅在视觉上直接表达了稳定支撑的意象，更实质地增加了着地范围，大幅度提升了产品的整体安全性。轻便型的铝管、高品质的座布，可循环再用，有效促进了配套行业不断改进生产工艺，促进节能降耗、环境保护。这个设计产品深受国内外消费者喜爱，具有广阔的市场空间。

建设国家知识产权示范市

我国于2001年12月11日加入了世界贸易组织（WTO）。随着我国加入WTO，知识产权的重要性越来越显示出来。在国际化大市场中，没有创新，就没有参与竞争的资格。发展和调整技术创新战略，在知识经济时代占领市场的制高点，成为国家与国家之间，同行与同行之间，同一技术领域不同企业之间进行的没有硝烟的战争。中山市的格兰仕、大洋电机、琪朗灯饰、铁将军、华帝、联合光电等一大批在市场竞争中遥遥领先的企业，无不与重视知识产权息息相关。

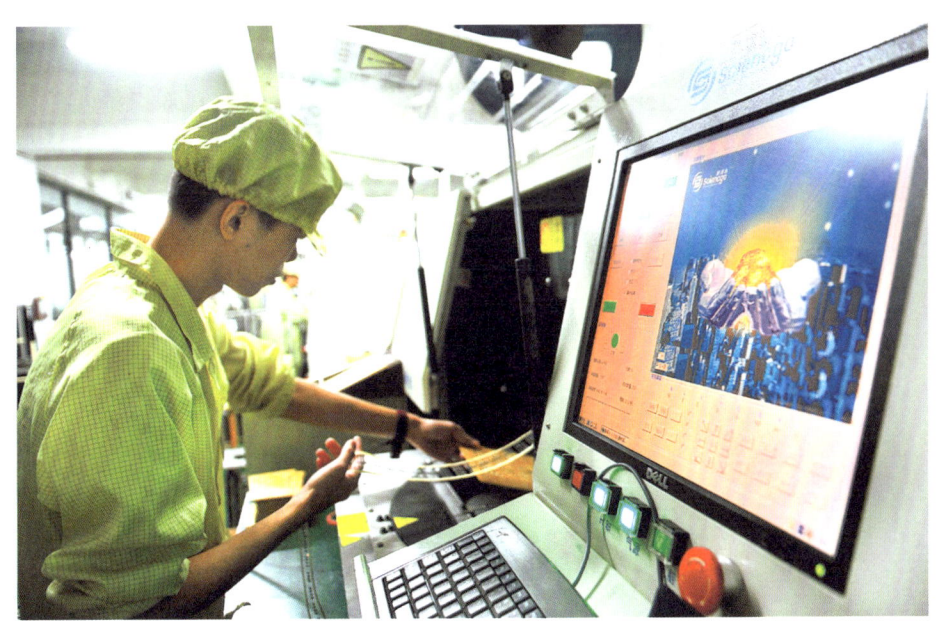

企业加大技术改造力度。（夏升权　摄）

2015年7月23日，中山市高标准建设国家知识产权示范城市推进大会在市政府会议中心举行。会上，市科技局局长尹明在作建设国家知识产权示范城市工作报告中指出，中山一直以来将知识产权工作作为创新驱动发展的重要抓手，加大政策支持，强化知识产权保护力度，提升企业知识产权能力，推进知识产权运用，实现了知识产权数量和质量的双提升，推动了城市知识产权创造、运用、保护和服务等方面取得显著成效。下一步，中山市将以《中山市建设国家知识产权示范城市工作方案》为指引，充分发挥知识产权在推动经济发展方式转变、产业结构升级中的重要作用，加大知识产权保护力度，加大知识产权投入，营造激励创新的社会环境，营造尊重知识产权的文化氛围，高标准建设国家知识产权示范城市。

中山在主要创新指标方面也提出了具体目标：到2017年，全社会研发经费占GDP比重达2.7%以上，万人发明专利拥有量7件，百万人发明专利申请量1166件，新型研发机构比2014年翻两番，达到30家，创新创业孵化器比2014年翻一番，达到24家，省市创新科研团队达到30家，高新技术产品产值占规模以上工业总产值比重超过48%，国家高新技术企业比2014年翻一番，超过500家；到2020年，全社会研发经费占GDP比重达2.9%以上，万人发明专利拥有量8件，百万人发明专利申请量1273件，新型研发机构达到50家，创新创业孵化器达到30家，省市创新科研团队达到60家，高新技术产品产值占规模以上工业总产值比重超过50%，国家高新技术企业超过600家，在珠三角处于领先水平。

# 第六章
科技体制改革释放创新力

2004年1月9日，旨在"鼓励科技创新，推动科学进步，促进经济社会全面、协调、可持续发展，加速'科技兴市'战略的实施，加大我市科技的奖励力度，以优化我市的投资、创业环境，吸引和留住人才，提升科技创新能力"而重新修订的《中山市科学技术奖励办法》，作为中山市政府2004年第1号文件向全市发布。紧接着，中山市科技局根据文件精神相应修改通过了《中山市科学技术奖励办法实施细则》。

新的奖励办法规定设立中山市科学技术奖励委员会，作为中山市科技奖励的最高机构。在奖项设置上，新增了"中山市科技重大贡献奖"和"中山市科技合作奖"两个奖项。中山市科技重大贡献奖是指获奖人在科学技术活动中，特别是在高新技术领域取得系列或者特别重大的技术发展、技术创新，对中山市社会经济发展作出重大贡献后，所颁发的奖项。中山市科技合作奖是为奖励国内外高等院校、科研院所、技术开发机构在中山市开展双边或者多边科研合作中对中山市社会经济、科学技术事业作出重要贡献的市外组织或者个人而设的奖项。

中山市首个科技重大贡献奖于2005年由中山市人民医院王得坤等人获得，其后连续2年空缺，直到2008年，由明阳电器集团有限公司副总裁吴步宁获奖，之后又空缺2年。2012年，这个奖项授予了明阳风电首席技术官曹人靖。

一、"四不像"破解经济、科技"两张皮"

还是中山条件好

"2014年年底回到国内,先后到了南京、山东、厦门等地考察,综合比较之后还是觉得中山条件好,最终把项目落在中山。"广东双虹新材料科技有限公司董事长杨少明教授说,他们的项目是在2015年中山"3·28"经贸招商大会上正式签约的。

杨少明教授是国际螺旋碳纤维技术领域的著名学者,2000年获得高弹性螺旋碳纤维的发明专利授权。2001年东渡日本,后来和妻子在日本跟元岛栖二教授进行该项技术的研究达10多年,也是研究所和生产厂家的主要成员。

"螺旋碳纤维还是完美的吸波材料,可应用于隐形飞机涂料,曾经有美国方面的教授提出高薪聘请我们夫妻俩去做技术,但我们婉言拒绝了。"杨少明坦言,这么好的技术,他们还是想带回国内进行产业化。

螺旋碳纤维(CMC)材料是一种革命性的新型多功能材料,能够应用于如触觉传感器、接近传感器、高性能电磁波吸收材、储氢材和保健品等多种产品。CMC材料应用于吸波材料,能够吸收99%以上的电磁波辐射;应用于传感器,其结构和性质与人体感觉细胞非常接近,对新一代人造皮肤的生产有着重要意义;应用于化妆品,能够促进表皮细胞增殖,缓解细胞老化,具有广泛的应用前景。

螺旋碳纤维这项技术,中国、日本、美国等国家都拥有了,杨少明他们的突破点就在于产量上有一个大的提升。杨少明说,10年前,螺旋碳纤维产品一次只能生产几克的量,日本现在一次也只能生产50克左右,而他在中山的这条生产线一次可以生产上百克,一个月的产量估计可以达到30公斤。

杨少明公司的办公室就设在中山工业技术研究院内,总共才三、四百平方米,生产线大约占了100平方米。"现在1吨的市场价格大概可达1亿元。"杨少明粗算了一下,他们现在生产线的面积只有100平方米左右,如按每月30公斤计算,一年下来可以生产360公斤的产量。也就说,这100平方米可实现年产值约3600万元。

"项目能够成功落户得益于中山工业技术研究院。当时回国考察确定项目落户中山,但我们没有办公室,是中山工业技术研究院提供给我们的,前期的相关手续都由他们帮忙弄好，我们只负责组建团队，建立实验室，尽快让项目进入试产和投产。"杨少明坦言，项目的成长与中山工业技术研究院是分不开的。

科技与经济要结合

2006年全国科技大会以及中共十七大都明确提出科技发展要紧紧围绕经济社会发展这个中心任务，要解决制约经济社会发展的关键问题，尤其是明确提出要建立以企业为主体、以市场为导向、产学研结合的创新体系，让企业成为创新主体。高技术不再是独立发展的产业，而要与传统产业全面结合。

过去，一边是大量的科技成果"躺"在高校或科研院所的实验室，找不到转化的好途径；另一边又是企业急需科技力量支撑，却找不到好的合作模式。科技与经济就这样眼巴巴地互相望着。

党的十八大"创新驱动发展"战略强调，中国未来的发展要靠科技创新驱动，而不是传统的劳动力以及资源能源驱动。创新的目的是为了驱动发展，而不是为了发表高水平论文。科技与经济的结合越来越近了。

2015年8月，中山市一科技工作者的QQ群里，有人上传了一份关于科技工作者可以以科技入股企业的文件。文件一上传，便在群里引起了热议。其实，在2015年初，广东省政府就重磅推出2015年1号文——《广东省政府关于加快科技创新的若干政策意见》，其中包括科技成果转化收益分配、股权期权激励等内容，提出了多个在国内首次探索实施的重大创新政策。这些政策，目的就是为科研人员松绑，以打通科研创新与市场之间的障碍。

新型研发机构就是为破解科技与经济"两张皮"而设立的。新型研发机构的特点被形容为"四不像"——既是大学又不完全像大学，文化不同；既是科研机构又不完全像科研院所，内容不同；既是企业又不完全像企业，目标不同；既是事业单位又不完全像事业单位，体制不同，但共同的使命是探索一体化的创新机制。

这个"四不像"既是一个"三无产品"又是一个"三有产品"。"三无"是指无级别、无编制、无运行经费；"三有"是指有政府支持、有市场化机制、有盈利能力，旨在为科技成果的转化打通"最后一公里"。"引入团队不设编制，不设固定工资，主要收入以科技金额和市场运作为主。更为核心的是，新型研发机构在科研运作上更加贴近市场。"中山工业技术研究院院长彭永林说，依靠中山工业技术研究院引进的四个高校科技平台就是采取这一模式。

体制机制灵活了，专家教授干起活来也自然劲头足。

"1+4"平台

中山工业技术研究院前身是中山装备制造工业研究院，成立于2007年3月，由中山市政府与广东省科技厅共建，已成为中山市工业领域科技创新的高端公共服务平台。为了更大范围地服务于中山企业，2015年改为中山工业技术研究院。该院吸引了国内外众多优质的创新资源，构建了"1+4"创新模式（以中山工业技术研究院为主体，与北京理工大学、武汉大学、武汉理工大学、华南理工大学四个高校分别共建市校科技平台）。这个"4"如今都是新型研发机构。中山市已有不少企业借助"1+4"这个"创新资源超市"，实现"零距离"借"智"，走上高速成长的转型升级新路径。

在装备制造领域，3D打印已然成为当前最炙手可热的蛋糕。巨大的市场潜力诱惑着前端的技术研发，以材料、设备、技术为细分领域，各式各样的3D打印技术研究各自开花。

广东汉唐量子光电公司（以下简称汉唐）是入驻中山工业技术研究院的首家公司。2015年，中山工业技术研究院牵线，该公司与西安交通大学、中山工业技术研究院三方共同组建了广东汉唐快速制造应用技术研究院。该院通过产学研抱团发展，对整个3D打印产业链进行了有效整合，成为国内抢滩3D打印高端的一家创新机构。跟其他产学研机构不一样的是，该研究院是对整个3D打印产业链进行整合的研发及应用团队——不仅仅包括前端的科研团队，也包括对科研成果进行转化、运用的企业。中山工业技术研究院项目主管陈杨说，西安交通大学在3D打印材料和设计方面有优势，汉唐有设备研发和工艺控制的优势，双方合作就能把设备提升一个档次，像汉唐现在研发的技术主要用于工业方面的3D打印设备，在国内同行业都是数一数二的。

"2014年上半年开始跟华南理工大学李迪教授团队展开深入合作，现在这些AGV搬运机器人和装配线机械手在速度、稳定性、易用性等方面均有了大幅度的提升。"中山市甘田电子机械设备有限公司总经理甘宁说,在中山工业技术研究院的牵线下,他们公司与华南理工大学、东莞一家公司三方共同组建了广东司托克顿智能科技有限公司。2015年初,广东司托克顿智能科技有限公司成功落户在中山工业技术研究院内。

广东司托克顿智能科技有限公司副总经理李松博士说,他们研发制造的高性能运动控制卡、高性能运动控制器等已引起了市场的关注,并吸引"863"计划专家组专家、德国控制专家团队等高端创新资源。而作为公司股东之一的甘宁也坦言,他们以前是做贴片机生产的,现在通过成立广东司托克顿智能科技有限公司嫁接新技术之后,原有企业的产品也有了整体提升。

在中山工业技术研究院一楼的智能机器人装备展示厅内,几台焊接机械手正在进行工作演示。这是在中山工业技术研究院"牵线"下,华南理工大学与中山华创自动化设备有限公司共同研发生产的新设备。

彭永林介绍,2014年11月中山华创自动化设备有限公司才注册成立。这些焊接机械手的研发带头人正是华南理工大学教授、国内著名机器人专家张铁。张铁是中山工业技术研究院的"老朋友"了。作为"1+4"其中一个平台的教授,多年来,华南理工大学通过中山工业技术研究院这个"1",已与中山不少企业进行过项目对接,张铁也成为中山不少装备制造业企业的"座上宾"。

中山市武汉理工大学先进工程技术研究院院长助理王武峰说,这个研究院由武汉理工大学于2011年与中山市合作共建,2015年7月被广东省科技厅评为广东省新型研发机构。研究院旨在依托武汉理工大学人才、技术和信息方面的优势,在建材行业节能减排关键技术开发和推广、先进制造技术、港口物流关键装备等领域,组建集技术研发、人才培养、成果孵化等功能于一体的产学研综合创新平台。

"中山工业技术研究院熟悉企业,他们知道企业有哪些需求,而我们具有技术和人才优势。在中山工业技术研究院的牵线下,我们在中山已与中艺重工、奥美森、中铁大桥局九公司等开展了20多个项目的对接。"王武峰说,在中山工业技术研究院内,他们拥有500多平方米的实验室。

"1+4"平台已在中山市智能制造、新能源汽车、风电装备、医疗器械、游戏游艺装备、"数控一代"装备等先进制造行业，以及光电信息新材料、卫星导航、海洋工程、高端电子装备等创新领域取得了重大创新突破。

彭永林说，除了现有的4个平台之外，中山工业技术研究院还配有知识产权服务、科技保险等机构，通过把高校、科技创新相关的资源整合起来，将供需双方打通，为中山企业科技创新提供更多通道。

一拍即合的"科技招商"

通过牵线搭桥，促使企业与高校开展产学研合作，在高校引导下，带来一个团队，再引进一个产业链，这就是科技招商的魅力。

早在2008年，北京理工大学就已经开始与中山建立合作关系。北京理工大学中山研究院副院长邵立伟博士说，最初的合作形式以项目为主，如今已经与中山的100多家企业有了100多个项目的合作，而且合作模式也日趋多元化。

2009年，中山市科技局副局长、中山装备研究院（现中山工业技术研究院）院长陈喜崇和大洋电机的董事长鲁楚平在办公室聊天。聊着聊着，话题突然转到了德国发展大电机产业上来。大洋电机在电机方面其实早已在国内出名了，但如何做更大的电机市场，却是近几年一直关注的话题。陈喜崇说，他第一次去北京理工大学参观时，看到了一种新型电机技术，中国是有这种技术的，但还没有进行成果的转化。鲁楚平听后很兴奋，决定去北京理工大学"寻宝"。在陈喜崇的引荐之下，鲁楚平与北京理工大学副校长、电动车辆国家工程实验室主任孙逢春教授首次见面，并谈得很投机。

双方一拍即合。从此，大洋电机与北京理工大学产学研合作拉开序幕，后来频频传来好消息。

大洋电机新型电动汽车、胜龙锻压机械、中艺重工、松德包装、美捷时……这一连串在业内响当当的名字，这些年来与中山工业技术研究院或多或少都有些故事。

2009年9月，全球首台4500吨肘节式锻压机床在中山市胜龙锻压机械有限公司（以下简称胜龙公司）研制成功，标志着中山市民营企业在大型装备制造和研发能力上获得重大突破。胜龙公司是中山市的一家民营企业，始建于1982年，初期只是生产一些简单的、技术含量比较低的国标类冲床。

2009年，该公司接到国家大型发电设备制造企业——东方电气集团的邀请参加4500吨自动锻压机床设计制造项目的竞标。在中山市科技局、广东装备制造工业研究院的相关专家指导下，结合北京航空航天大学和中科院专家的智慧，该公司对产品进行了科学构思。经过4个多月的艰苦奋战，最终，该公司的方案战胜了国内几家大名鼎鼎的国有企业，一举中标。

胜龙公司的成功，也成为了中山市产学研合作项目的典型案例。和胜龙公司一样，中艺重工从广东装备制造工业研究院也请到了助其升级的"大师"。

传统的装备制造业企业如何在转型升级过程中寻找新突破口？"中艺模式"提供了一个参考样本。

创始于1985年的中艺重工近年来更是展示了其强劲的发展动力。在中山装备制造工业研究院的牵线搭桥下，2009年7月，中艺重工与国内港口机械方面的权威高校——武汉理工大学正式结缘。中艺重工最初以生产老式的起重机为主，多年来虽尝试创新，但在技术上难以找到突破口，与武汉理工大学的合作则为企业在技术创新方面找到了一条捷径。

有了新技术支撑之后，中艺重工开启了远行。

"厦门港口经济前景广阔，这里将是我们重点开发的一个市场。"中艺重工有限公司经理吴婉婷说，他们近年来通过与武汉理工大学等高校和科研机构的合作，正开发大型港机，目前在珠海、广州、厦门等大型港口均有中艺门座起重机在工作。

郑福寿经营码头多年，是龙发、兆龙两个码头的常务经理。"兆龙码头在漳州的私人码头中可以说是规模最大的。"郑福寿说，随着货量的增加，以前购进的门座起重机已满足不了需求。2013年6月，他陪朋友到广东，与中艺重工谈生意，朋友没谈成，他却"一见钟情"，认为中艺重工的产品质量不错，价格合适，于是一下子订了两台，每台980万元。

这两台起吊吨位可达45吨的大型门座起重机，于2013年12月交付，2014年1月就在兆龙码头开始运营。在郑福寿的心目中，这两台门座起重机是名副其实的"大力士"。"一天可以24小时不停工作，吊臂向海边的伸缩范围可达43米，起吊吨位可达45吨，1人可以完成操作，2万吨货物，12小时内就可以全部吊完。要是以前的门座起重机，2万吨货得弄上好几天，所以我们计划再购进2台中艺门座起重机放到龙发码头。"郑福寿说。

在郑福寿的影响下，不少同行也到码头来参观这两个"大力士"。在厦门，中艺门座起重机渐渐得到了青睐。厦门海投通达码头也有好几台中艺重工生产的门座起重机。这些起重机在码头岸边依次排开，颇为壮观。

经历近30年的风雨历程，中艺重工已发展成为国内颇具实力的港口机械重型装备企业，并计划依靠科技力量生产更多的海洋工程设备，圆一个"海洋梦"。

二、全市首张科技创新券

2015年7月24日下午2时50分，在中山市行政服务中心市科技局窗口前，广东华尔辰海上风电工程有限责任公司总经理陈龙剑从中山市科技局局长尹明手中领取了中山市首张科技创新券。

"我们是上周参加培训会的。申请手续很简单，前后大约花了5天时间。此次领取的科技创新券属服务券，每张面值2万元，共4张，总值8万

中山市发放首张科技创新券。（缪晓剑　摄）

元。"陈龙剑说,科技创新券补助申报流程简单,灵活性大,没有条条框框限制,为企业减轻了研发过程中的成本支出。

科技创新券是为进一步引导和鼓励中山市中小微企业增强创新能力而设计发行的一种补助凭证,由中山市科技局无偿向符合规定的企业发放,领取科技创新券的单位在完成科技创新投入后进行兑现。这种事前承诺、事后补贴的形式,操作简单,更具普惠性。

中山职业技术学院校企合作处处长冷小冰对科技创新券的前期设置花了不少心思。冷小冰曾经参与江浙地区科技创新券实施工作前期调研,回来后,就积极参加中山科技创新券的可行性评估、方案设计等相关工作。冷小冰说,科技创新券是科技扶持资金的一次重要改革,对科技型中小企业来说,在获取政策支持方面更为灵活、有效。

中山市的科技创新券分为重点券、一般券和服务券。重点券和一般券的面额分别为20万元、10万元;服务券的面额分为5万元和2万元。重点券和一般券的有效期为2年,服务券的有效期为1年,逾期不可兑现。每张科技创新券的编号是唯一的。在同一年度,一个企业只能申领一种类别的科技创新券,其中重点券和一般券只能申请1张,服务券的申请最多不超过4张。

科技创新券主要针对中小微企业发放。为了扶持科技型中小微企业成长,《广东省政府关于加快科技创新的若干政策意见》中提出开展科技创新券补助政策试点。随后,省科技厅、省财政厅联合出台了《关于科技创新券后补助试行方案》,自2015年4月1日起实行。广东省清远、中山、佛山等地已率先启动科技创新券补助制度。

广东华尔辰海上风电工程有限责任公司位于翠亨新区,主要从事海上风电工程安装。陈龙剑说,他们已经承接了广东省第一个海上风电工程项目,目前正建造一艘造价达4亿元的海上风电专用船,请了上海一家知名设计院和国内一家大地测量公司进行技术支持,经费支出需近百万元,8万元的科技创新券正好用于这方面的补助。

一纸专利获得银行贷款

与科技创新券一样,中山早些年就开始在科技与金融结合方面进行探索。2012年11月24日,"健康与发展中山论坛"第五届投融资论坛上,中山火炬开发区与平安银行、中国银行、招商银行、中山银达担保、连城资产评估公司、佛山海科知识产权交易公司、广东稳当担保公司签订了合作协议，一个涵盖了银行、评估、担保和产权交易的"四位一体"的知识产权融资平台正式建立。

中山火炬开发区一直在探索如何盘活企业的无形资产，来获取银行和其他金融机构的支持。此前，中山市已将火炬开发区作为试点区，从广东省政府下拨的推动城乡金融服务一体化资金中安排300万元，火炬开发区管委会按1:2的比例配套安排600万元专项资金，共同设立规模为900万元的知识产权质押贷款专项资金，为成功取得知识产权质押贷款的企业提供贴息支持。该政策出台后，知识产权质押贷款再次为银行和企业所关注，但知识产权的价值评估难定、第三方担保缺席、信贷补偿机制等成为亟待解决的问题。火炬开发区与上述公司签订合作协议之后，不仅解决了评估和担保的问题，知识产权交易公司更将促进知识产权的流动性，为投资方的退出打开了通道。

在该平台的促成下，首笔知识产权质押贷款也于论坛当天发放，招商银行与中山市南方新元食品生物工程有限公司（以下简称南方新元）签约，南方新元获得招商银行的2500万元贷款，其中一部分贷款是该公司质押其发明专利获得的。

中山港货运码头（萧亮忠　摄）

科技型企业在成长过程中，如缺了资本，就像大自然的生命少了阳光和雨露。在中山，科技与金融的结合，帮助了像广东华尔辰、司南物联、联合光电等一批企业解决早期的资金难题，最终实现企业快速成长。

2015年8月3日，位于国家健康科技产业基地内的司南物联网公司正式入驻中山火炬开发区市区共建健康服务业集聚区——德仲广场。司南物联网公司董事长、总经理张力坐在新搬入的德仲广场15楼的宽敞的办公室里，对公司未来有了更多期待。

张力的办公室窗户的右边可望到繁忙的中山港码头。这里有开阔的横门水道，前面正对着一座小山，满眼皆翠。

张力回忆说，司南物联网公司（以下简称司南物联）于2012年落户国家健康科技产业基地，在国家健康科技产业基地历时三年孵化培育，已经成长为一家集开发、销售和技术服务为一体的物联网产品高新技术企业，并拥有自主知识产权的云计算平台，可实现百万级节点的实时连接支持。张力认为，这三年里，该公司之所以取得快速发展，离不开四个字——"科技金融"。

作为一家科技型企业，司南物联也经历了从创业之初"手头紧"到现在"不差钱"的两种不同"人生"。2015年7月，司南物联完成了3000万元的A轮融资。张力说，司南物联已经为国内近百家企业、中山近30家企业提供物联网方案。

张力笑称，现在不少风投乐意向他们投钱，现在不但不缺钱，而且手头比较宽松，可以在新的办公楼里"大展拳脚"了。

司南物联所处的德仲广场对面的投资大厦正是中山火炬开发区的"金融中心"。这里有广东省科技金融综合服务中心中山火炬高新区分中心，这是广东省科技厅2014年6月批准的全省首家直接设在国家级高新区的省级科技金融综合服务中心。该分中心于2014年8月正式运营。

科技金融加入创新元素

"在科技金融方面，中山今年将成立一个创新创业的投资基金，市政府第一批资金将安排5000万元，预计将撬动8个亿的资金，以股权投资为主的方式支持创新型企业的发展。"在2015年7月29日召开的中山市委十三届八次全体会议分组讨论上，尹明说，科技金融工作将加入更多创新元素。

除了创新创业投资资金外，中山还将实施科技型企业贷款风险准备金制度。省市区将共同构建5500万元的科技型企业贷款风险准备金池，与银行合作按1:10的比例放大授信额，支持科技型企业的贷款。

在金融支持科技型企业发展方面，中山动作频频。2015年中山在配套金融引导政策方面推出：建立融资性担保业务的风险补偿机制，加快推行知识产权质押贷款，创新推出"助保贷"业务，出台扶持政策、推动企业上市发展、建设众创金融街，支持创新创业企业发展等5方面的惠企政策。

自2007年实施企业上市扶持政策以来，中山市企业利用资本市场进行直接融资的速度发展迅速。至2015年11月，中山市境内外上市企业及新三板挂牌企业共42家，进入区域股权交易市场挂牌的企业达100家，通过资本市场直接融资的金额为380亿，大大地降低了企业的融资成本，有利于企业做大做强。中山现有后备上市企业100家、已签约进入新三板挂牌辅导期的企业60家，已步入利用资本市场发展的快车道。

2015年，中山市政府和东区办事处在盛景尚峰紫马奔腾商务区共同建设

中山众创金融街（中山日报报业集团图片中心　供图）

众创金融街，为中山市的创新创业企业提供对接全国著名创投机构的路径、直接对接投资人的平台，将有效地支持中山市创新驱动发展战略，为全市经济转型升级和加快发展提供更好的金融服务。

实现科学技术的快速发展有赖一个高效、合理、可行的科技管理体制。2002年以来，中山市科技局审时度势，针对中山市的实际情况，对科技管理体制进行了切实有效的改革，走出一条具有鲜明中山特色的科技管理体制改革之路。比如，在激励和发挥科技人员的聪明才智方面，与创新相关的各个部门就做了不少尝试。

2010年7月7日，备受社会关注的首届"中山十大创新人物"和"中山十大创新企业"名单揭晓。林泽钊、曹人靖、毕荣华、段秋生、卢林发、杜姬芳、林霞、易洪斌、龙晓斌、陈建平当选"中山十大创新人物"；中山太力、金马游艺、棕榈园林、明阳集团、大洋电机、铁将军、大桥化工、木林森、中山华帝、奥美森入选"中山十大创新企业"。这次评选在全社会营造了一种创新氛围。

2015年6月9日下午，中山市科技与社会服务工作站在中山职业技术学院创新基地正式启用。这个工作站的主要任务为服务社会、共享资源、科教融合三大块。具体包括协助企业解决部分高企、新型研发机构申报和产业转型升级等问题；联合本市相关研究院和协会，共建服务平台，开展科技和社会服务；为人才培养和成长搭建"政校企协"产学研结合的平台，为全面提升中山创新能力提供技术支撑。

中山市首批科技志愿者共60多名。他们分赴全市各个镇区，为高新技术企业、新型研发机构申报等科技工作提供免费智力支持。

"这算是一个小小的创新，也是校企合作、协同创新的一项重要内容。"冷小冰说，自从发出科技与社会服务志愿者招募的通知后，在不到一个星期的时间里，就有来自机械、化工、材料等各专业的老师、专家踊跃报名。

第七章
战略性新兴产业登上国际舞台

  2013年，中山市人民政府出台了《中山市人民政府关于加快培育发展战略性新兴产业的实施意见》，指出：培育发展战略性新兴产业，对加快转变经济发展方式，抢占产业发展制高点，建设幸福和美中山具有重要意义。总体目标要以提升自主创新能力为核心，加大政策扶持力度，加强创新载体建设，完善产业发展环境，着力突破产业链关键环节，发展壮大优质骨干企业，培育优势产业链条和产业集群，努力把战略性新兴产业培育成为中山市经济发展先导产业和支柱产业，把中山市建设成为广东省战略性新兴产业示范区。

  战略性新兴产业是指建立在重大前沿科技突破基础上，代表未来科技和产业发展新方向，体现当今世界知识经济、循环经济、低碳经济发展潮流，尚处于成长初期、未来发展潜力巨大，对经济社会具有全局带动和重大引领作用的产业。

  在发展战略性新兴产业上，中山要求率先突破发展高端新型电子信息、半导体照明、新能源汽车产业，实现新能源、生物医药、高端装备制造领先发展，培育引进节能环保和新材料产业。

一、健康产业的"千亿梦想"

健康产业新篇章

2006年，正好是孙中山先生诞辰140周年。

这一年11月17日，以"健康、和谐、发展"为主题的首届"健康与发展中山论坛"在中山市举行。在第一天的综合论坛上，国家卫生部原副部长、中山论坛组委会秘书长朱庆生宣读了《健康与发展中山宣言》：

> 健康与发展是人类共同的理想。为了倡导现代健康理念，促进经济社会和人类健康的可持续发展，加强国际交流与合作，我们，首届"健康与发展中山论坛"的参与者，集聚于中国民主革命先行者孙中山先生的故乡——广东省中山市，通过公共论坛，达成了广泛共识，发表《健康与发展中山宣言》。
>
> 人类健康与可持续发展是当今世界关注的热点。将健康与发展两大目标协同推进，构建和谐社会，是国家、社会长远发展的重大命题。健康地生存，是人类的基本权利和永恒追求。健康既是社会发展的重要目标，又是生产力的基本资源和决定因素，关系经济社会的发展，关系国家和民族的未来。经济发展为人类创造生存的物质基础，而只有可持续性的发展，才能持续地保障人类的身心健康。没有人类健康，就没有可持续发展；没有可持续发展，就没有人类健康。

"健康与发展中山论坛"是由中山市人民政府联合中华医学会、中国可持续发展研究会等12个国家一级学会创办的，每年在中山市举办一次，至2015年11月28日为第十届。这份《健康与发展中山宣言》，共分六部分，计1573个字，聚焦人类健康与可持续发展两大基本命题。

中山这座城市又是如何与健康产业结缘的？

21年前，这里发生了一段故事。

1994年4月27日，国家科委副主任邓楠、广东省副省长卢钟鹤、中山市市长汤炳权三方在中山国际酒店正式签订了《关于共同创办国家健康科技产业基地的协议》。自那一天起，中山开启了以生物制药、医疗器械、保健食

1994年国家健康科技产业基地成立。（国家健康科技产业基地　供图）

品、城市管理、医疗保障等为主的"大健康"产业发展新篇章。

自成立之初便入职国家健康科技产业基地的方迎，见证了中山市健康产业从小到大、从弱渐强的历程。方迎现担任国家健康科技产业基地有限公司总经理，用她的话来说，国家健康科技产业基地是"出身名门，根正苗红"。

"中山这个城市能给人一种很轻松的感觉，生活在这里感觉很幸福，健康产业发展正好与中山这座城市的定位相符合。"甘师俊是国家健康科技产业基地成长的见证者，每次从北京来到中山都不由地发出这种感叹。

1994年5月1日，国家科委、广东省人民政府和中山市人民政府共同聘请甘师俊等5人为国家健康科技产业基地的咨询专家。当时，甘师俊任职于国家科委社会发展司。

"虽然当时的交通并不发达，周围还有很多水田，但觉得这里很舒服。基地里面还有一条河，后面还有山，环境真的很美，视野很开阔……"甘师俊回忆说，当初，他们第一次到中山火炬高技术产业开发区考察时，看到的就只有这些生态资源。

甘师俊说，国家健康科技产业基地的成立背景可以用"受命于危难之时"来形容。20世纪90年代初谈判中美知识产权，内容也涉及医药专利问题，对话进行得很艰难。谈判的结果，是修改了我国专利法中关于化合物生产和保护的条款。一直以来，我国的药品都以仿制为主，修改前的国家专利法相关条款也与国际有较大距离。谈判结束后虽然有十多年的宽限期，但原创新药的问题终于摆上了议事日程。经过不断汇集、整理各路专家的意见，计划在全国建立两个现代医药生产基地。偏北的基地主要针对上游产业，以医药研发为主；偏南的基地主要以研发和生产基地为主，除了医药外，还可以发展保健品、医疗器械等，多方面、综合性地发展健康科技产业。

中山又是哪一方面打动了国家科委？甘师俊说，中山环境是不错的，除了地理上的便利之外，在生态、社会建设方面都很吸引人。他们当时计划一个基地放在上海，一个基地放在广东省。"在广东，我们也到过珠海、深圳等城市考察，按理说，这些城市的优势要强过中山，但这些城市给人的感觉太'闹'。中山面向港澳，又有实施国家火炬计划的中山火炬高技术产业开发区，地理位置不错，市场经济比较发达，而且我们觉得，中山是一个很'平和'的城市，经济社会协调发展。除了这些客观的因素之外，还有就是中山市领导层对发展高科技产业十分支持，改革开放的意识也很强，对提升产业水平有一种共识。我们综合了各种条件之后，最后确定放在中山。"

1994年正式成立的国家健康科技产业基地属于国内首创，至1996年上海才建成国内的第二个。成立当年，国家科委、广东省政府和中山市政府三方联合组成管委会，管委会主任由当时的市长亲自担任，业务领导机构是国家新药研究与开发协调领导小组，中山国家健康科技产业基地总公司则是实施执行机构。可以说，中山对健康产业发展是相当重视的。

又一个支柱产业

在2007年召开的中山市第十二次党代会上，明确提出了要将生物医药产业打造成中山市又一支柱产业。会上要求，要利用好国家健康科技产业基地这个国家级的"金字招牌"，提高其知名度，要跳出中山，用更高的战略眼光来发展这一产业。

健康产业曾被比尔·盖茨喻为"未来能超越信息产业的重点产业"。据世界银行专家测算，在过去的50年里，世界经济增长的8%至10%要归功于人群健康——这是大势所趋。

2013年9月，国务院出台了第一个关于促进健康服务业发展的指导性文件，首次从国家层面规划了健康服务业的发展目标：到2020年，基本建立覆

康源基因创新团队带头人蔡伟文博士(右)在实验室。(涂莉 供图)

盖全生命周期,内涵丰富、结构合理的健康服务业体系,总规模达到8万亿元以上。

2013年11月6日下午,中山市人民政府与深圳市贸易促进委员会在深圳联合举办了一场"深圳—中山健康产业对接会"。中山与深圳同处珠江出海口,隔江相望,深中通道建设的利好消息,给两地带来了新的发展机遇。对接会上,深圳市健康产业发展促进会会长黄鹤说,深圳与中山两地具有产业结构互补和产业梯度转移优势,深圳鼓励健康产业"走出去",而中山除了与深圳具有地缘相近的优势之外,在健康产业发展方面起步早、基础好、受政府重视,这些对深圳企业有很大的吸引力。来自台湾的活力生物科技(深圳)有限公司负责人陈逸行说,中山除了有好的居住环境之外,在健康产业发展方面还有完善的检测平台和便利的服务,这些专业机构对健康产业发展十分有利。

健康产业被誉为"永远的朝阳产业",也是造福人类的幸福导向型产业,是世界各国密切关注的产业之一,一直被中山市委、市政府"厚爱三分"。中山市高度重视积极抢占发展先机,已把健康产业作为全市发展的支柱产业之一，纳入战略性新兴产业发展规划，部署了国家健康科技产业基地、临海医疗器械装备园区、华南现代中医药城、板芙镇生物医药产业园的"一基地三园区"四大高端产业平台，引进了诺华山德士、联邦制药、国药集团、曼秀雷敦、完美等国内外知名健康医药企业，形成生物医药、医疗器械、保健食品、化妆品、健康养老、医药物流等集群式发展的产业集群。全市健康产业年均增长超过30%，已成为中山经济发展的重要增长点。

纵观这20余年的发展历程，国家健康科技产业基地从临危受命承担国家创新医药的研发生产，到白手创业探索新型产业园区的发展模式，走过了一段不同寻常的探索之路。1994—2000年为起步阶段，整个基地只有1.5家企业落户，产值只有5000万元。2000—2010年，国家健康科技产业基地初步形成产业规模。至2010年，国家健康科技产业基地已实现工业总产值177亿元，工业总产值年均复合增长率79.23%。特别是"十一五计划"期间产值增幅达302%，所占比重从0.5%提升到15.6%。"十二五计划"期间至今为第三阶段，国家健康科技产业基地迎来跨越发展的时期，形成以生物制药、医疗器械、医疗信息为主导，保健品、化妆品、健康食品、健康服务业协同发展的产业集群格局，落户企业达203家，2014年实现产值309亿，约占全市生物医药产值的60%，服务业收入达60亿元。这里已成为全国同类园区中产业聚集程度最高，产业链最完善，产业结构层次最丰富的综合性健康产业园区之一。中山健康产业集群化发展态势明显，列为科技部国家创新型产业集群试点建设园区，已经成功跨入国内外前列。按照中山市委、市政府的要求，通过三年的发展，将推动中山市健康产业形成千亿产业集群。

从要素驱动、投资驱动转向创新驱动，是中国经济新常态的特点之一。显然，创新驱动是新的发展方式的主要内容，目标是要提高经济增长的质量和效益，培育技术、质量、品牌的竞争优势。驱动经济发展的创新是多方面的，包括科技创新、制度创新和商业模式的创新，其中科技创新是关系发展全局的核心。经过20多年的发展积淀，如今，国家健康科技产业基地更是加大力度实施创新驱动发展战略。

领导企业群起争艳

在国家健康科技产业基地，诸如生物工程、中智、海济、安士、康方、奕安泰等企业均通过科技创新，成为各自行业内的"领军企业"。

"技术改造之后，增加了新设备，一个明显的感觉就是科研成果可以更快地实现产业化。"2014年11月11日，中山生物工程有限公司的宋小冬说，公司通过技术改造尝到了"甜头"。

中山生物工程有限公司是较早落户国家健康科技产业基地的免疫诊断试剂企业，经过十多年的精心研发，缓慢成长，现在终于迎来了发展的春天。宋小冬介绍，为加大科研力量，该公司将一幢新建的综合大楼主要用来搞研发，原有的旧厂房全部改造成新的GMP车间（GMP即药品生产质量管理规范），为企业将来实现产值超亿元的目标谋划新空间。

中智药业集团的科技创新在国家健康科技产业基地内也是出了名的。对于中智药业集团的创新工作，副总经理、总工程师成金乐脑海中有一幅清晰的线路图：一是打造高端平台；二是引进高端人才，开展高端研究，加大科技投入，打造核心技术；三是开发创新中药。中智药业集团的国家中医药管理局中药破壁饮片技术与应用重点研究室于2014年11月初落成。走进宽敞明亮的大楼，只见3000多平方米的场地里，各种先进的设备和仪器正有条不紊地工作着。2014年4月以来，中智药业集团已投入2000多万元，建成华南地区首屈一指的中药实验室。成金乐表示，企业以"建设高端平台、引进高端人才、开展高端研究"等"三高"作为公司科技创新的思路，不断加大投入，形成核心技术。

中智药业集团根据创新需要建立了五方面的高端平台，分别是国家中医药管理局中药破壁饮片技术与应用重点研究室、博士后科研工作站、澳门科技大学中药质量国家重点实验室中山分室、院士工作站、产学研合作共建的技术开发中心等。依靠高端平台"筑巢引凤"，中智药业集团不仅自己引进人才，也借"外脑"。例如，在中药破壁饮片技术与应用重点研究室，中智药业集团特聘由中国工程院院士周宏灏领衔的一批院士、专家、学者作为学术委员会委员，大大提高了企业的科研创新能力。

对医药企业来说，前期的研发之路是漫长而曲折的。其实，无论是前期的研发还是后期的发展壮大，健康产业均需沐浴资本的阳光，才能更好地茁壮成长。为了更好地促进健康产业发展，国家健康科技产业基地加大金融与资本服务，以资本的力量撬动企业几何式增长。

生物医药实现自动化生产。（文波　摄）

方迎介绍，国家健康科技产业基地正建设梯形式融资服务体系，包括天使投资、风险投资、债权融资、股权融资、上市融资。多层次的金融资本服务体系正发挥撬动企业几何式增长的力量。2015年，国家健康科技产业基地净增高企18家，占中山市8.5%，约占火炬开发区1/3。至2015年底，国家健康科技产业基地高企总数达42家，占中山市的9.8%，占火炬开发区的35.3%。

国家健康科技产业基地已吸引了来自世界各地的品牌龙头企业和高科技企业落户，特别是世界500强诺华山德士制药公司、世界5大肽类药物企业之一的瑞士辉凌制药公司、全球最大的草本和维生素制造商美国NBTY公司、拥有国内首家多糖药物研究平台和手性药物制备关键技术平台的和博制药，同时通过整合资源，培育了安士集团、中智医药集团、星昊药业、汇和药业、腾骏医药、欧亚包装、美捷时包材、九州通医药、百灵生物、腾飞基因、康源基因等一批本土重点企业，通过国家健康科技产业基地专业化资本服务和企业培育，使基地内不少企业已经成为全国乃至世界细分市场的前三甲。在企业规模方面，截至2015年底，该基地已培育出产值50亿元以上的企业1家，产值10亿元以上的企业6家，上市企业（含新三板挂牌）6家。

园区医药企业实验室（涂莉　供图）

"4+2+2"助推健康产业发展

"4+2+2"产业一直是火炬开发区构建现代产业体系的重要战略方向，健康科技产业是火炬开发区确立的四大战略性新兴产业之一。健康科技产业具备了知识技术密集、物质资源消耗少、成长潜力大、综合效益好这几个极具优势的特点。

健康科技产业作为战略性新兴产业离不开高端创新资源的集聚。

吴阶平医学奖是目前我国医学界个人最高规格奖项，被业界誉为中国医学界的"诺贝尔奖"。自2009年以来，"健康与发展中山论坛"与吴阶平医学奖颁奖大会联合举办，实现了"坛奖合璧"，共吸引40余位两院院士、专家教授聚集国家健康科技产业基地探讨行业发展，累计共达5000余位国内外知名生物医药产业领域企业负责人出席峰会。峰会直接吸引落户项目近40个，其中包括好医生、大参林、NBTY、万成等一批业内知名企业。100多个各类型投资基金关注国家健康科技产业基地，与企业开展业务对接。

在2014年举办的第九届"健康与发展中山论坛"上，大会特别安排了专场纪念活动进行国家健康科技产业基地成立20周年纪念总结，并邀请了曾为

星昊药业引进的自动化设备(缪晓剑 摄)

国家健康科技产业基地的成立和发展作出贡献的老一辈专家、学者再次共聚一堂,回顾国家健康科技产业基地20年的产业发展历程,并对基地下一步发展规划建言献策。

这次论坛上,国家健康科技产业基地企业家代表九州通医药集团副董事长刘兆年、安士制药执行董事长徐孝先、山德士中国总裁张炜向国家健康科技产业基地1994年成立当年的三方签约领导(时任国家科委副主任邓楠、时任广东省副省长卢钟鹤、时任中山市市长汤炳权)颁发开启者证书。

2015年,科技部下发了关于认定第二批创新型产业集群试点的通知,由中山火炬高技术产业开发区管委会为集群建设单位的"中山健康科技创新型产业集群"名列其中。这是全国第二批共32家国家级创新型产业集群中,唯一一家以健康科技为名的国家级创新型产业集群,也是中山市首个国家级创新型产业集群。

高级科研人才来助力

到2015年,国家健康科技产业基地已建设国家中医药管理局重点研究室1家,国家级重点实验室分室3个,广东省工程技术研究中心10家,广东省企业技术中心7家,广东省工程实验室1家,省产学研示范基地2个,特派员工作站3个。整个基地创新创业底蕴深厚、氛围浓郁,发展了一大批国内领先、国际知名的具有自主知识产权的品牌项目和品牌产品。如清华大学领衔的国家"863"计划人工心脏研发中心项目,具有国内国际技术专利的基因重组人血清白蛋白,利用国际专利技术研发的α-交联血红蛋白,由诺贝尔化学奖得主Noyori教授技术支持研发的具有国际水平的高效手性合成催化剂、手性医药中间体和原料药,世界五大肽类药物生产商之一瑞士辉凌制药公司生产的品牌肽类药物。

在高层次人才创新资源方面,国家健康科技产业基地利用各级人才政策,积极引进和培育高层次人才、团队。截至2015年,国家健康科技产业基地成功引进中组部"千人计划"专家2名,国家"万人计划"专家1名,教育部"长江学者"特聘专家2名,创新团队10余个,其中市级创新科研团队7个。与美国麻省理工学院、美国马里兰大学医学院及清华大学、上海交通大学、中国医学科学院等国内外40余家高校、科研机构建立了产学研合作关系。

国家健康科技产业基地将做强包括生物制药、医疗器械、食品、化妆品、健康服务业的产业链,进一步增强产业集聚度,充分利用互联网+健康产

药企生产车间(缪晓剑 摄)

业融合发展的契机，寻求产业发展新动力。通过创新孵化、平台建设、人才引进、团队创新等发展举措，打造出国家一流的健康科技产业创新创业环境。

美国当地时间2015年9月9日，中山市委副书记、中山市长陈良贤率领中山经贸代表团抵达美国加州，拜访生物技术创新企业美国南加州生物技术公司（Vivoscript），双方就推动最新科研成果在中山产业化等事宜进行了交流。在美考察期间，陈良贤还在圣地亚哥会见了美国两大著名科技创业团体之一华源科学技术协会的高级总监黄红星，双方就在硅谷设立美国中山创新创业孵化基地进行洽谈协商，并签订服务协议。该孵化基地将根据中山的发展需求，在美国尤其是硅谷物色适合的高新技术项目、企业、人才进行对接，选择有潜力、成功指数高的进入基地进行观察审核，较成熟后再引进到中山进行创新创业。这也是中山将引进海外高层次人才前沿和项目阵地前移至海外的一次新尝试，旨在提升创新创业项目落地成功率，减少前期研发成本。

华源科学技术协会成立于1999年，位于美国硅谷湾区，是以旅美中国内地科技人才为主的著名科技团体，目前在美国硅谷拥有约6000多名会员。协会成立以来，在促进中美科技贸易往来、鼓励科技人才回国创新创业等方面发挥了积极的作用。黄红星正好是中山人，在美从事高新科技产业已有20多年，除华源科学技术协会外，还与硅谷创业者学院、北美华人生物医药协会等专业协会联系密切。孵化基地将依托这些有利资源，提供个性化服务，根据中山市创新驱动发展战略和产业转型升级的需求，结合产业发展规划，重点推动引进生物医药、电子信息、节能环保、新材料等产业和领域在科技研究、成果转化、生产销售等方面的项目、企业和人才。

在全球各地健康产业园群雄并起的今天，进入快速发展期的国家健康科技产业基地正以科技搭桥，与各方进行技术对接，提高创新能力，创建国家一流的现代健康产业园区。

二、借科技之力走出"国门"

医药产品走出国门

2000年，一个新千禧年的开始。

此时，经过改革开放20多年来财富和发展经验的积累，中山企业有一个明显的特征：企业家创新意识逐渐增强。特别是一大批民营企业家，开始紧握创新之利器，带领企业在市场大潮中，劈波斩浪。

2003年，徐孝先来到国家健康科技产业基地着手创办安士制药（中山）有限公司（以下简称安士集团）。2004年2月，注册资金为2500万元的生产基地正式动工，一年后就完成了厂房建设，逐步投入生产。该公司早期主要研发生产药品，其迪巧钙系列如今位列中国处方钙制剂市场第一名。2007年，基于大健康产业的战略布局，安士集团投资成立了安士生物科技（中山）有限公司，主要从事保健品的软胶囊研发和生产。经过十余年的发展，安士集团已发展成为全力布局大健康产业，涵盖药品、保健食品、化妆品等研发、生产和销售的国际集团。

13岁参加工作、与医药行业结下不解之缘的徐孝先，今天仍怀着一个梦想：把中国的医药产品卖到美国去。徐孝先说，要让国内生产的药品进入美国市场，首先在生产环节就要取得美国相关部门和机构的认证。除了在生产车间方面早已取得中美两国的GMP认证外，2010年，安士集团通过了美国FDA（美国食品和药物管理局）对企业生产条件的验证，2012年11月又顺利通过了复查，而拥有这一验证的企业在国内仅有10多家。徐孝先说，安士集团将30%以上的利润都投入到研发当中，用于引进高级人才和先进仪器，实验室都是以高标准建设而成的。安士集团还计划在国家健康科技产业基地增资三大新项目，用于推动药品出口、新药研发、人工中药材等方面的发展。

其实，中山企业通过科技创新，在国内外舞台上已扮演着越来越重要的角色，特别是生物医药、高端电子信息、先进装备制造、新能源新材料等战略性新兴产业更是乘势而上。

在美国敲响开市钟

2007年8月16日，随着覆盖的红布被徐徐拉开，标有"明阳电气"四个大字的巨型风力发电机组在广东明阳电气集团有限公司（以下简称明阳电气集团）新厂内露出了"庐山真面目"。由明阳电气集团承担的广东省"十一五"国民经济与社会发展重大项目，全国首台抗台风型1.5兆瓦变桨速风力发电机组成功下线。

这台机组是国内第一个完全按照中国东南沿海的风力资源和气候特点，

明阳风电制造车间（文智诚 摄）

采取中外合作的开发方式，以发电成本最低化为开发目标，能够抵御台风、湿热等极端气候条件，具有当代世界先进水平并且拥有自主知识产权的全新一代风力发电机。

进军风力发电主机制造领域，是明阳电气集团面对市场机遇和企业产业结构升级的要求所作出的重大战略抉择。在明阳电气集团之前，我国的风力发电产业化已经走过了与国外风力发电机制造企业合资、完全自主封闭式开发、引进国外成熟机型的生产许可证三条道路。明阳电气集团在综合分析了国内风电产业20多年的发展经验教训之后，决定走一条全新的路，引入世界先进的设计和认证技术，采取中外联合开发的方式，拥有产品和核心控制技术的知识产权，针对中国的自然和产业条件量身定做适应中国市场要求的风力发电机。

这台巨型风力发电机组的研发带头人就是年轻的科学家曹人靖。

"在大学教书，日子也会过得很舒服。"曹人靖回忆说，从欧洲留学归国后，他到了厦门大学任教。2006年，明阳电气集团董事长张传卫在深圳高交会（中国国际高新技术成果交易会）上找到他，希望他能够加盟明阳电气集团。"那是2006年10月12日下午。董事长张传卫派专车将我接到中山火炬开

兆龙光电填补广东省在泡生大尺寸蓝宝石晶体市场的空白。（缪晓剑 摄）

发区，指着面前一片泥草地对我说，看，这就是我们的风电基地。我还记得，当时矗立着一个牌子，写着'华南新能源基地'字样。"

新能源有广阔的市场前景，但那时国内所有风电企业都处于起步阶段。曹人靖说，他选择明阳电气集团，是因为想见证它的成长，看它如何从小到大地发展，如何从产业末端走向最前端。他想亲身参与其中。

1996年毕业于北京航空航天大学航空发动机专业的曹人靖，一直从事风力发电技术与流体动力工程领域的研究、开发。他主持完成国家及省部级项目20余项，在国内外发表学术论文40多篇，其中被SCI、EI收录10多篇。他是中国可再生能源学会会员，全国风力机械标准化技术委员会委员，广东省电工学会，广东省水力发电工程学会新能源与风力发电专委会委员，国家自然科学基金"工程热物理与能源利用学科"评阅人。

黝黑的皮肤，谦和的笑脸，他有着一副标准的博士形象。然而只要一开口，这位外表拘谨的国内风电技术领军人物，就会充满激情。

加入明阳电气集团后，曹人靖推进明阳电气集团与更多的高校展开合作，其中不乏清华、北航、中科院等航空航天专业权威高校。作为技术研发的总负责人，曹人靖负责明阳电气集团1.5MW 双馈式、2.5/3.0MW 双馈式和超紧凑型、5.0/6.0MW 超紧凑型海上风电系列产品的技术研发队伍建设、技术研发平台建设、产品技术开发、产品试制与定型、产品测试与认证、产品量产控制的研发管理、技术管理和工艺管理工作。

2012年7月，作为明阳电气集团首席技术官的曹人靖获得中山市"科技重大贡献奖"。这是该奖项设置以来，中山市第三个获奖的人。曹人靖先后主持完成1.5兆瓦、2.5兆瓦、3.0兆瓦等系列风力发电机组的研制和产业化、近海及海上风电设备研制及产业化。此外，2010年主持完成的全球首台3.0兆瓦超紧凑型风电机组的成功下线，还打破了国外对3兆瓦级以上海上风力发电技术的垄断，加速了我国大型风机装备国产化水平的提高。

2010年，美国东部时间10月1日9点30分（中国北京时间10月1日21点30分），广东明阳向中国明阳、世界明阳大步迈进，中国明阳风电集团有限公司（以下简称明阳风电集团）董事长兼总裁张传卫敲响了美国纽约证券交易所的开市钟，宣告明阳风电集团在美上市成功。这是中国第一家风电整机制造企业在美国上市，也是我国最大的非国有、非国资控股的风机制造商。

2013年，明阳风电集团引进国际顶级的海工技术创新团队，并设立多个国家级、省级实验室和国内外创新平台，研制适应于中国各地区水文地质条件和极端气候环境的产品技术，如抗台风型、高原型、海上型等定制化系列风力发电机产品。此外，企业在太阳能、高端芯片、生物质能等产业领域，以技术为核心，坚持创新驱动升级，取得行业领先优势。 2015年，明阳风电集团还成为广东省唯一一家产值超100亿的"工作母机"企业。明阳风电集团致力于新能源装备的研发生产，成为全行业唯一具备发电机、齿轮箱、叶片、三大电气控制系统的自主研发与生产能力，提供风能开发、建设、维护、全生命周期价值创造及整体解决方案的企业。

面对智能制造的发展需求，明阳风电集团还创新智能风场管理与大数据云平台建设，打造风力发电机远程监控、机组在线状态监测、远程故障诊断与修复等风场的智能工业化管理系统，加快从生产型制造向服务型制造、从传统制造向智能制造的转型。

在全世界面前发光

在中山战略性新兴产业的"星空"中，LED照明产业显得格外璀璨。

2015年12月16日至18日，2015年第二届世界互联网大会·乌镇峰会在浙江嘉兴桐乡市乌镇举行，乌镇一时成为全球关注的焦点。中山市恒辰光电科技有限公司（以下简称恒辰光电）生产的防水灯具在众多LED品牌企业中脱颖而出，成功夺标，成为竞争承接第二届世界互联网大会·乌镇峰会景观亮化照明工程的胜出者，用专利产品点亮了"乌镇之光"。

该公司董事林汉光介绍，大会召开之前，上海一家设计公司在综合比较了众多LED企业之后，最终选择了恒辰光电。"2015年11月底开始准备，12月初发货完毕，前后大概花了半个月的时间。"林汉光说，他们的这批产品主要是洗墙灯和线条灯，用来"扮靓"乌镇古朴的街道和店铺等建筑物，达到美化、亮化的效果。

为什么乌镇景观亮化照明工程会选中恒辰光电？林汉光分析道，主要是因为产品具有过硬的防水功能，企业也能提供专业布线等整体服务，性价比更高。

户外灯具因冷热变化而进潮气，形成小水珠进而变成大水珠，导致灯具里面存水还倒不出来，会严重影响灯具的使用寿命。早在2007年，恒辰光电就自主研发内气路断开实验并获得成功，成功申请了技术专利，解决了困扰业内多年的户外灯具进水排水防水问题。

恒辰光电之所以能领跑行业，缘于技术出身的公司董事长刘宝泰将科技创新坚持到底的决心。刘宝泰早年在大庆油田研究所从事电子科技研究，"下海"后一直在企业里从事电子科技产品的研发。2003年，他就把研发的方向定在解决户外灯具的防水难题上。2005年10月，刘宝泰和他的创业伙伴们在火炬开发区购买土地，建立了中山市恒辰光电科技有限公司。如今，该公司已发展成一家集研发、生产、销售、工程服务、控制系统方案制定于一体的综合性LED供应商，产品广泛应用于LED城市建筑室内外景观亮化照明工程。

"2007年时，户外灯具行业被防水难题困扰着，而在此时我们便成功推出了防水灯具，在市场上一炮打响。"林汉光介绍，当时由于很多LED企业不具备防水技术，产品安装后，故障率高，市场反响不理想。恒辰光电凭借防水技术优势和2008年推出的自主研发的DXM512 LED 景观亮化控制系统，颇受市场欢迎。自2008年开始，恒辰光电连续接下长沙希尔顿酒店景观灯、乌兹别克斯坦政府广场重大亮化项目、埃塞俄比亚非盟大厦亮化工程等大项目，企业发展步入快车道。

面对今天的成就，林汉光感叹道，这一路走来，的确不容易，但深信只有拥有自主知识产权的企业，才是LED 行业的最后赢家。"恒辰光电从成立开始就选择了一条最艰辛的成长之路，以研发驱动发展，厚积薄发。"林汉光介绍，该公司现已设立了强大的研发中心和质控中心，技术研发创新不断突破，获得近百项国内外专利，成为广东省LED行业的标杆企业、国家级高新技术企业，并组建了市级工程研发中心。2013年，该公司自主研发的控制系统获得发明专利并得到国家专项扶持资金。

为了提高产品的品质和生产效率，该公司还陆续引进各类自动化生产设备。除了防水技术外，还加大电源驱动器的研发设计。"在行业并不景气的情况下，我们的产品市场却逆势实现了30%以上的增长。"林汉光说，2015年，他们进一步拓展国际市场，产品远销欧洲、北美、俄罗斯、中东、东南亚等国家和地区。

企业之间的竞争最终还是技术和人才方面的竞争。企业家深知，灯饰照明产业发展到今天，要参与市场竞争，企业手里必须要有技术"杀手锏"。

检测也要过国际"关"

中山市华标检测有限公司（以下简称中山华标）于2012年11月份正式成立。作为目前中山市内唯一一家企业实验室对外营业的第三方民营检测认证机构，刚起步时，中山华标也维持得有些"吃力"。但这三年来的营业数据，让总经理彭照富对未来民营检测认证的市场充满信心。彭照富原是华艺灯饰的技术负责人。2012年广东省科技创新大会在中山市古镇镇召开，时任省长的朱小丹还到中山的古镇和小榄两个镇区调研。听取华艺灯饰的汇报后，朱小丹希望古镇华艺灯饰的灯具测试实验室能像小榄力创一样进入该镇生产力促进中心的检测平台，鼓励企业实验室可以尝试为整个行业提供更多服务。因此，2012年11月，华艺灯饰的灯具测试实验室转变为独立的第三方民营检测公司——中山市华标检测有限公司。现在中山华标除了为华艺灯饰

中山华标的产品耐久性试验室（中山华标　供图）

提供检测认证之外，还对灯饰照明行业内的其他企业提供检测认证服务。彭照富说，中山华标是一个独立的公司，而自己现在也算是一个"小老板"了。彭照富说："2015年，公司在科技方面成果丰硕。一是成功组建了省灯具专业检测与技术服务平台，二是建立的中山市新型研发机构得到认定，三是获得中山市科技创新创业服务平台的事后补助。"除了平台建设之外，该公司还获得德国莱茵TüV（技术检验协会）集团认证授权，可以进行CE（欧盟标准）、CB（欧盟标准）、SAA（澳大利亚标准）、BIS（印度标准）等各种认证。

彭照富介绍，中山华标的检测业务包括EMC、光学、安规、性能检测和CE、CB、SAA、SASO、UL等国际认证，还为灯饰照明行业提供从光学、性能、安全、电子方面的质量问题分析与技术改进服务。

谈起未来的民营检测市场，彭照富说，道路曲折，但前景美好。据他分析，一方面是中央对民营企业的支持力度在加大，民营企业有更多机会享受政策的阳光；另一方面就市场而言，灯饰照明、家电等行业的企业主逐步接受产品检测流程，再加上国家标准的完善，行业需走上正规道路，企业产品达不到标准,将在市场上失去竞争力,因此,灯饰照明检测认证的市场还是很有前景的。彭照富说,中山华标的前三名客户每年的检测额都超20万元,而且现在越来越多的企业会主动将产品拿过来检测。2014年,中山华标的业务额不到20万元,而2015年的认证业务额却将近200万元,比2014年增长了10倍。这是连彭照富都意想不到的事情。

中山历来高度重视科技创新工作,近年来更是深入推进以科技创新为核心的全面创新,努力实现传统产业向"高端产业"、"产业高端"转变,"中山制造"向"中山设计"、"中山创造"转变。

在这一氛围下,以明阳风电、广新海工、中船国际、粤新海工、大洋电机、山德士、纬创资通为代表的一大批战略性新兴产业中的企业正加速成长。

第八章
院士回乡带来"集聚效应"

院士是学术界的最高荣誉称号。17世纪中叶，法国最早建立院士制度。此后，其他国家纷纷仿效法国，成立科学院，聘选院士。中国的院士制度最早可追溯至1928年成立的中央研究院。1946年，中央研究院决定建立院士制度。中国的第一批院士产生于1948年。

中山虽为弹丸之地，但院士的比例却较高。据中山市科学技术协会统计，目前国内中山籍院士共有7人，如果算上已去世的3人，中山籍院士人数达到10人。

中山市科学技术协会从2010年初开始筹备"中山院士论坛"，这一平台充分发挥中山籍中国科学院、中国工程院院士等高端人才的优势和作用，以院士为"桥"，拓宽引智渠道。在中山市科学技术协会的热情邀请下，中山籍院士纷纷回乡为中山的科技创新事业献计献策。目前中山籍7位院士全部受邀担任中山市科学技术协会名誉主席。

一、"老顽童"的"光纤人生"

深秋的阳光暖暖地照在中山市石岐区狮子街。在城市化进程中，这里仍保持着原有的一份宁静。一片旧民宅内的大街小巷弥漫着"老石岐"的味道。2011年10月17日下午，街坊们像平日一样，有的聊天、有的摆着水果摊做些小买卖……这样温暖的场景让人不得不放慢脚步。

"狮子街，12号。"

"好像是这间。"

"不对。"

"再往下走一段看看，好像在前面。"

"记忆中，好像屋旁有棵大榕树。"

"您所说的那棵大榕树应该在太平路。"

"走，去看看。"

一位老人越说越兴奋。

古树参天。在太平路的转盘处，这棵见证了时代变迁的老榕树，已成为老石岐的重要标志。

老人连忙拿出相机，让工作人员为他与老榕树合影留念。

这是年近八旬的中山籍中国工程院院士赵梓森凭着"零星"的记忆，寻访当年祖屋的场景。

赵梓森，光纤通信专家，广东省中山市人，1953年毕业于上海交通大学。国家光纤通信技术工程研究中心技术委员会主任、武汉邮电科学研究院高级技术顾问、邮电部科技委委员，1995年当选为中国工程院院士。早在1973年就建议开展光纤通信技术的研究，并提出正确的技术路线，参与起草了我国"六五"、"七五"、"八五"、"九五"光纤通信攻关计划，为我国光纤通信发展少走弯路起了决定性作用。赵梓森院士是"武汉·中国光谷"的首席科学家，因为亲手研发了中国第一根实用化光纤光缆和第一套光纤通信系统，而被誉为"中国光纤之父"。

"我系广东人，系中山石岐人。"

赵梓森俏皮地说出了一句地道的石岐话，回忆起儿时的记忆，脸上露出孩童般灿烂的笑容。

赵梓森院士（右）在中山寻找祖屋。（黎旭升 摄）

"加上今天，一共来了四次。小时候两次，那时还是小学生，来看望祖母，八九岁的样子。记得祖屋是清朝时期建的房子。十多年前，也来过一次。今天是第四次。每一次感觉都不同。"

年近八旬的赵梓森依然神采奕奕。在朋友眼里，因为好"玩"，他还有一个"老顽童"的称号。赵梓森说，自己是个早产儿，原本身体瘦弱，通过"玩"慢慢地锻炼出一副好身板。

1932年2月，赵梓森出生在上海一个百货公司职员家里，母亲是怀孕7个月时生下他的。由于早产，幼年的赵梓森个子很小，稍有风吹雨淋或天气变化，就会患病。其中有两次伤寒对他打击最大，差点夺去了他的生命。

"我有8个兄弟姐妹，大姐喜欢画画，我就跟着学画画；二姐喜爱钢琴，我就学拉小提琴……兄弟姐妹多，你影响我，我影响你。"

赵梓森一脸幸福。

回首这辈子的事业历程，赵梓森感到自己最幸运的就是选择了光纤通信事业。他再三提及，杨振宁教授说过，人要成功需具备"眼光、志气、能力"三大要素。这三个要素是相辅相成的，其中最重要的就是眼光。"所谓眼光就是指分得清什么是重要的，什么是不重要的。如果花了一生心血去做一件不重要的事，结果也只是枉费心血。我喜欢光纤通信，而且认为这很重要。事实证明我的选择没有错。"

对"中国光纤之父"这个称呼，赵梓森谦虚地说，不想这样讲，光纤制造很复杂，不是一个人可以做得好的，需要组织一帮人，搞很多年才搞得出来。"在中国我只是开了一个头，最多算个'带头人'。"

1966年，高锟提出了用玻璃代替铜线的大胆设想：利用玻璃清澈、透明的性质，使用光来传送信号。当时，许多人都认为这个设想匪夷所思，甚至认为高锟神经有问题。赵梓森比高锟年长一岁，两个人是很好的朋友。赵梓森说，在最初接手光纤通信项目时，困难远远超过了想象。绝大多数人不知道也不相信光纤（玻璃丝）可以通信。然而，赵梓森有着一股钻研劲和韧劲，一旦确立了目标就绝不放弃。

在那段特殊时期，想了解外国情况根本不可能，更别谈到国外去借鉴学习了，赵梓森只能跑到湖北省图书馆寻找信息。图书馆里只有一本资料，全英文版。

"当时的大学不学英语，都是俄文。我通过自学勉强能看懂资料。可是图书不能外借，更没有复印机这样先进的东西，只能一页一页手抄之后带回去给同伴讲解。"回忆那段时光，赵梓森记忆犹新。正是凭着"光纤（玻璃丝）可以通信，一定会影响通信革命"这一理念，再多的苦赵梓森都熬了下来。

"不被相信是当时最大的困难。"赵梓森说，当时没人相信，同行、领导都认为不可能。"在这种情况之下，我当时经常在厕所里、洗手间偷偷地做试验。"

1979年，中国第一条实用光纤在武汉邮电科学研究院诞生。1982年1月1日，武汉三镇开通了我国第一条实用性的光纤通信工程（线路）。在这两项重大工程中，赵梓森都担任了"领头羊"的角色。

纵观赵梓森30多年职业生涯，你会发现，他就像一位预言师，预见并推动了中国光纤通信技术及产业的每一次重大发展。20世纪70年代初，谁会相信玻璃丝能代替铜线进行通信？90年代，已经退休的赵梓森和其他中国工程院院士联名提出要在武汉成立"中国光谷"时，很多人也根本不相信这项事业能够成功。如今,"武汉·中国光谷"建成了国内最大的光纤光缆、光电器件生产基地。

如今,80多岁高龄的赵梓森在光纤通讯方面仍没有停下脚步。赵梓森一有机会就会回到家乡中山市演讲,向家乡人描绘光纤到户的美好蓝图。

和赵梓森院士一样,中山籍的其他6位院士一有机会也会回到家乡中山,为家乡的科技创新事业献智献策。

其他6位院士分别为:

郑耀宗,中国科学院院士,微电子学专家。原籍广东省中山市,生于香港。1963年毕业于香港大学,获理学士学位。1967年获加拿大卑诗大学博士学位。香港大学校长、教授。1999年当选为中国科学院院士。

郑健超,中国工程院院士,高电压技术专家。1939年出生,原籍广东省中山市三乡镇。1963年毕业于清华大学。中美两国科学院、工程院"能源未来"联合专家组成员。

郑守仪(女),中国科学院院士,著名海洋生物学家。原籍广东省中山市。1931年5月出生于菲律宾马尼拉,1956年回国。

阮雪榆,中国工程院院士,压力加工专家,广东省中山市人。1953年毕业于上海交通大学。1994年当选为中国工程院院士。

李焯芬,中国工程院院士,工程与技术科学基础学科(岩土工程、地质工程)专家。1945年5月4日出生于广东省中山市小榄镇永宁。1972年毕业于加拿大西安大略大学,获博士学位。曾任加拿大安大略水电土木建筑部主任。2003年当选为中国工程院院士。

曾溢滔,中国工程院院士,医学遗传学家。1939年5月出生,虽然其籍贯是广东省顺德市,但幼时在中山市学习生活十多年。1962年毕业于复旦大学生物系,现为上海交通大学医学院教授,医学遗传研究所所长,卫生部医学胚胎分子生物学重点实验室主任。1994年当选为中国工程院医药卫生工程学部首批院士。

2009年,李焯芬回到中山,在"首届中山书展名家讲座"上主讲题为《自在人生从心出发》的讲座,后来还多次回乡作环保等方面的学术报告。同年,曾溢滔偕妻子、女儿一同回到中山,参加第六届中山市科学技术协会学术活动周活动并作"基因与生物产业"主题演讲。

2009年12月5日，全球第一座以有孔虫为主题的雕塑公园，也是广东省科普教育基地的有孔虫雕塑园，在中山市三乡镇小琅环山公园举行揭牌仪式。有孔虫雕塑园是2006年在中国科学院院士、海洋生物学家郑守仪的支持和参与下，由三乡镇人民政府投资700万元建设而成的，园内共设114座有孔虫雕塑。博物馆总建筑面积约640平方米，陈列的有孔虫品种有130多种。2010年，郑守仪带着"大海里的小巨人——海洋原生动物有孔虫的科学与美学价值"主题，分别到石岐中心小学、电子科技大学中山学院，开启"中山院士论坛"首讲。

2011年，"中国光纤之父"赵梓森到中山火炬职业技术学院，发表"光纤通信技术"主题演讲。2013年，郑健超应邀在中山市委理论学习中心组（扩大）会议暨第七期中山干部学习论坛上主讲"中山院士论坛——低碳能源技术的工程应用前景"。2014年5月16日，郑耀宗来到中山一中初中部，为学生讲述自己求学、研究的人生故事。

另外，已去世的3位"中山籍"院士分别是：梁树权院士，分析化学

郑守仪院士（左二）参与建设的有孔虫雕塑园正式对外开放。（叶劲翀 摄）

家，1912年生于山东烟台，原籍广东中山，中国科学院化学研究所研究员，1955年当选为中国科学院院士；梁植权院士，医学生物化学家，1914年3月5日出生于山东烟台，祖籍广东中山，1980年当选为中国科学院院士；郭仲衡院士，应用数学和力学家，1933年3月2日出生于广州，原籍广东中山，1991年当选为中国科学院学部委员（现称院士）。

郑耀宗院士在中山一中作报告。（叶劲翀 摄）

中国工程院院士郑健超主讲中山院士论坛。（中山市科学技术协会 供图）

二、借"智"弥补创新资源"短板"

造纸术、指南针、火药、活字印刷术是中国古代对世界具有很大影响的四种发明。英国哲学家弗朗西斯·培根指出,活字印刷术、火药、指南针,这三种发明已经在世界范围内把事物的全部面貌和情况都改变了。马克思评论,活字印刷术——总的来说变成了科学复兴的手段,变成对精神发展创造必要前提的最强大的杠杆。

指南针,权威说法是有熊国(今河南新郑市)的轩辕黄帝发明的;造纸术相传是由中国东汉时代的蔡伦所发明;火药的发明与传播,和孙思邈有着千丝万缕的联系;后人称毕升为活字印刷术的始祖。如用今天的说法,这些发明者就如创新团队的"带头人"。

"引进资金不如引进技术,引进技术不如引进人才","引进一个创新人才和团队,就相当于引进了一个项目,引进了一个项目,又带动了上下游产业链的发展"。中山是"适宜居住、适宜创业、适宜创新"的三个适宜城市。近年来,中山市委、市政府高度重视科技创新工作,推动了中山市科技创新能力的快速提升。根据2014年《中国城市创新报告》,中山城市综合创新能力已跃居全国地级市第四位,同2012年中山创新能力排名全国地级市第十位相比,短短两年位次提升了六位;全社会研发经费占GDP比重提升至2.4%,位居全省第三位;百万人发明专利申请量达1055件,高新技术产品产值突破2600亿元,超额完成了《珠江三角洲地区改革发展规划纲要(2008—2020年)》定下的目标。

中山没有大院大所,与"北上广深"等大城市相比,在创新资源方面相对薄弱。近年来,中山正视创新资源"先天不足"的状况,通过借力,以引进、培育、联合等多种方式,为创新工作打开一条通道。其中,通过引进院士,带动其他创新资源集聚,成为中山丰富创新资源的一大"法宝"。

海洋涂料新发展

位于中山六路一侧的中山大桥化工集团有限公司的大楼,从外表来看一点也不起眼。然而这个"默默耕耘"的企业,却是中山甚至全国科技创新实力较强的企业。

2011年3月18日，中山市首个院士工作站在中山大桥化工集团有限公司（以下简称大桥化工）挂牌成立，中国工程院院士、中国科学院海洋研究所研究员、博士生导师侯保荣被聘为该公司首席科学顾问。院士工作站将主要研究海洋防护涂料，同时还将联合培养博士后，成立联合实验室。

在当天的挂牌成立仪式上，大桥化工董事长、技术发展委员会主任刘树川说，面对激烈的涂料市场竞争，大桥化工与跨国涂料巨头同台共舞，建成集团研发中心、事业部技术中心和分公司技术部的三级技术架构，打造自主技术创新和核心技术能力，抢占汽车涂料、摩托车涂料、工程机械涂料和家电涂料等市场的高端重点大客户，与战略客户、战略供应商和著名科研机构建立了长期的战略合作关系。

"根据国家海洋产业技术发展形势和现状，结合广东省海洋产业发展重点和良好的前景，大桥化工决定，从今年开始大力发展海洋涂料的研发，并使之产业化。"刘树川说，大桥化工经过在国内涂料行业界的广泛筛选和调研论证，确定选择与中国科学院海洋研究所以侯保荣院士领衔的国内防腐涂料顶尖技术研发团队合作。

中国科学院海洋研究所从20世纪50年代末就开展海洋腐蚀与防护技术的研究，是国内最早开展海洋腐蚀与防护研究的单位。2008年中国科学院海洋研究所成立了海洋腐蚀与防护研究发展中心。目前中心拥有我国海洋腐蚀与防护研究领域唯一的中国工程院院士侯保荣和5名博士生导师、2名中国科学院"百人计划"入选者，以及一大批博士和硕士研究生。2010年12月，侯保荣院士与中国涂料工业协会专家委员会主任刘登良一行到访大桥化工，进行实地考察，对大桥化工的实力有了基本了解后，双方达成了在大桥化工建立院士工作站的合作意向。

大桥化工王明晶博士说，大桥化工是中山市知名的高新技术企业。至2015年，大桥化工已拥有2个院士工作站和一个博士后工作站，驻站博士、博士后10多名，硕士研究生40多名。在强大的研发团队支撑下，大桥化工的产品已处于世界领先水平。

为人才服务

"601"院士、教授室，是中山爱科数字家庭产业孵化基地有限公司设

中国工程院院士李蓓薇教授主讲院士讲坛。（中山市科学技术协会 供图）

置的一个特别的办公室。为了加快数字家庭产业的发展，掌握最前沿的数字家庭技术，该孵化基地聘请中国工程院院士、我国通信技术领域的顶尖专家孙玉院士当"参谋"。

借"智"成为中山企业实现创新驱动的重要渠道。中国科学院院士、"两弹一星"元勋、资深航天专家孙家栋，中国工程院院士、武汉大学原校长刘经南教授等都成为中山企业的"座上宾"。

中山市通过引入大学、创新团队、科研机构、国家级重点实验室分支机构等，为中山高端产业提供技术支撑。同时，加大博士后科研工作站、国家省市工程、技术中心等建设，增加创新驱动力。

近年来，中山市委、市政府将招商引资与招财引智并举，打造了全国首个综合性"人才节"，形成了"中山高层次人才联谊会（俱乐部）"、"中山人才池"和"中山人才库"等品牌。特别是激励人才创新创业方面，推出了"三个一样"的人才待遇政策，针对海外高层次创新创业人才提供从固定资产投资补贴、贷款贴息扶持、科研经费资助、创业场所支持到居住环境保障的"5个100"优惠政策，为留学归国创业人才提供20—100万元的启动资金，对创新科研团队和用才单位提供100—1000万元科研经费资助，对紧缺适用高层次人才提供入户、子女入学、配偶就业、购房补助及政府特殊津贴等"一站式"服务。

通过实施一系列人才配套政策，中山吸引了大批高层次人才、海外人才、拔尖人才、紧缺适用性人才等，构筑起一个较为完整的人才引进和培养的政策体系，在经济发展新常态下释放人才政策红利，助力企业转型升级。

中山市人力资源和劳动保障局数据显示：中山市博士后科研工作站工作自2002年起步，至2015年9月，有11家博士后科研工作站和22家博士后创新实践基地，共33个博士后工作平台，与国内41家高校建立了人才培养的合作关系，并建立和完善了人才引进和培养"一站式"服务。

中山的公共创新服务平台建设在数量和质量上均取得阶段性成效，已基本形成了以"1+4"（中山市工业技术研究院+北京理工大学、武汉大学、武汉理工大学、华南理工大学）区域创新平台为面，高新区、专业镇公共创新服务平台为线，企业工程技术研发中心为点，以国家重点实验室中心分支机构、院士工作站为高层次人才载体，以科技中介服务为产业孵化和融资平台

中智药业集团的国家重点实验室（付希华　摄）

的"点线面"结合的服务行业升级、服务企业创新、服务企业发展的科技服务体系。在创新服务平台建设方面，中山不断向外借力，引进的平台分量也越来越重，并探索出新的模式。

2015年12月21日，中山市政府与广东省科学院共建的"广东省科学院中山分院"设立签约仪式在广东科学中心举行。中山市副市长吴月霞与广东省科学院副院长李定强现场签约。

广东省科学院是由原广东省科学院、广东工业技术研究院以及省内其他院所资源通过有序整合于2015年6月28日重新组建而成的。其综合实力较强，在全国省级科学院中位于前列，是全省高层次人才集聚高地、产学研合作与科研成果转化应用的组织载体、创新驱动发展的枢纽型高端平台。广东省科学院中山分院将结合中山市专业镇经济发展和产业转型升级等方面的创新需求，依托中山工业技术研究中心的现有基础，共同营造良好的研发及应用的创新环境，为中山创新驱动搭建高端研发平台。

2015年12月24日，国家超级计算广州中心中山分中心建设方案论证会在中山工业技术研究院举办。国家超级计算广州中心依托天河二号超级计算机，是集高性能计算、海量数据处理、信息管理服务于一体的世界一流的超算中心。为促进中山市科技创新，中山市拟引进国家超级计算广州中心在中山设立分中心。中山市科技、经信等职能部门还将紧紧围绕产业链优化创新资源配置，重点从"科研设施共用共享"、"平台能力协同提升"等创新要素融合，构建流通、品牌大平台等产业链要素整合等方面实现中山市公共创新服务平台资源的融合发展。

第九章
孵化器演绎"激情与梦想"

被誉为"三螺旋之父"的美国亨利·埃茨科威兹博士出版过一本《国家创新模式——大学、产业、政府"三螺旋"创新战略》。该书被称为国家创新模式的奠基之作。

在书中,亨利·埃茨科威兹博士谈到,孵化器是个相对较新的概念,产生于20世纪70年代。尽管孵化器一直被定义为给公司的形成提供公共服务的支撑机构,但从根本意义上说,孵化是培训一批个体在组织中同心协力工作的手段。

中国孵化器起源于20世纪80年代中后期。1987年中国诞生了第一个科技企业孵化器——武汉东湖创业服务中心。经过近30年的发展,我国科技企业孵化器的数量持续增长,孵化能力不断增强。孵化器已经成为我国高新技术产业发展的重要因素。

一、中山的"三螺旋"创新模式

"科技报国"梦

2010年3月,清华大学材料科学与工程系博士、北京大学化学与分子工程学院博士后陈小文"下海"了。

国内涂料行业第一个由博士后科研人员创立的"中山蓝海洋水性涂料有限公司"设在了中山火炬职业技术学院实训楼12号5楼。

当初选择"下海",和众多知识分子一样,陈小文充满"科技报国"的梦想。陈小文说,随着2008年欧盟全面禁止溶剂型涂料生产禁令的发出和国内涂料系列新标准的实施,人们对于健康环保的呼声一浪高过一浪。如何让水性涂料产品既能吸附甲醛,又能分解甲醛;既能吸附有毒气体,又能去除异味;既能满足环保要求,又能具备最全面最优异的漆膜性能,更是成为国内外涂料工作者普遍关注的热点与难点问题。

"我的主攻方向是水性涂料。在当时,国内众多专家认为,油漆的油性与水性是'油水不相容'的,对水性涂料的发展并不看好。"陈小文说,他是怀着做"中国水性涂料第一品牌"的梦想开始创业的。

几年来,陈小文通过创办中山蓝海洋水性涂料有限公司(以下简称蓝海洋公司),以国内首创的"四重除醛技术"、"国家专利产品"、"国家科技部重点项目"等企业核心竞争力,成功地解决了这一行业难题,顺利地开发出一系列抗甲醛水性涂料产品。该系列产品率先在中国涂料行业与建筑装饰行业亮出了"纯水性、超环保"的旗帜,可广泛应用于木器家具装饰与室内建筑装饰。

陈小文的蓝海洋公司所处的这些旧厂房是20世纪90年代初,中山火炬开发区成立之初,为了吸引"三来一补"企业,在中山港设立的加工区。2008年在金融危机影响之下,中山港加工区的"三来一补"企业转移出去,原有的厂房慢慢空置下来。与加工区一路之隔的中山火炬职业技术学院在2008年将这些旧厂房租了下来,办成了实训楼和孵化器。

如果说早在20年前孵化器还是一个陌生的词,那么在"大众创业、万众创新"的今天,孵化器已被人们所熟知。人们形象地将科技项目的转化称为孵化过程。清华大学科技园区主任梅萌曾阐述了他的"催化"理论:许多在商海中浮沉的科技型小企业，发展壮大是他们共同的希望。然而由于资金、管理等方面的束缚，大部分企业都很难实现他们的理想。孵化器就是让这些科技型小企业更快走向成功的助推器。

其实，在德国、美国等经济发达国家，孵化器已成为科技型企业成长的"摇篮"。美国亨利·埃茨科威兹博士说，现在，麻省理工学院和斯坦福大学也将因衍生企业特色和周围云集着高技术公司而成为不少高校和科研院所等竞相效仿的对象。

在国家级高新区里，中山火炬开发区是最早在园区内自己办大学的。后来不少高新区纷纷效仿"园区办大学"这一模式。中山火炬职业技术学院创办于2004年4月，直属中山市人民政府，并由市政府委托中山火炬高技术产业开发区管理。2015年9月17日，中山火炬职业技术学院国家骨干高职院校建设项目通过省级验收。办学时间虽然只有短短的11年，但中山火炬职业技术学院，依托中山的国家级高新区、背靠八个国家级产业基地，通过产教融合、院园融合，坚持"政、产、学、研"一体发展，坚持"高、新、特、精"办学理念，走出了高职教育发展的新路子。

陈小文的妻子从清华大学化工系毕业后来到中山火炬职业技术学院上班。陈小文说，之所以选择在这里创业，其中一个原因就是离妻子上班的地方近，既可创业实现创业梦想又可以照顾家庭。

科技型企业的优势

中山港加工区在中山火炬职业技术学院的智力支撑下走上了转型升级的阳光大道。在这里，以往的制鞋、制帽等传统企业没有了，取而代之的是光电、装备制造、生物医药等战略性新兴产业。

"我们的员工年人均创造五、六十万元的产值，这就是科技型企业的优势。"中山市光大光学仪器有限公司（以下简称光大光学）总经理张有良倍感欣慰地说。

从当初流水线上的一名打工仔到今天科技型企业的老总，20多年来，张有良从未离开过光电行业，甚至工作的地点也没有离开过中山港加工区。他见证了这一行业的起步、兴盛和如今转型发展的过程。

1993年，张有良来到中山市明佳高技术光电仪器有限公司（以下简称明佳光电）做普工。当时的明佳光电是广东省第一家光学加工厂，名气很大。"它既是中山市光学产业发展的起点，也是中山市光学人才的'黄埔军校'。"在明佳光电的11年里，张有良从普工做起，到车间管理、经理再到采购，逐渐成为公司中层。那时候，张有良看到了光学仪器和产品的巨大市场潜力。

"还记得1997年时，几十人的会议室坐满了经销商，大家都急着拿货，有的甚至直接到车间'抢'货，真是供不应求。"张有良回忆说，那时候技术不行，产量上不去，出现这种场面也是意料之中。

全球光成像和新一代电子的最顶端技术主要掌握在日本、美国和德国厂商手上，其中日本掌握了光电成像技术的主要来源。随着近10年来现代光电技术的大发展，光成像技术发达的国家纷纷调整自身产业结构和产业发展方向，逐渐退出传统光学加工领域，向现代、高端光电产品的制造、研发集中。台湾、中国内地则逐渐成为全世界光学冷加工的制造中心。

2000年后随着国外产能的转移，凤凰光学、舜宇光学、北方光电等企业入驻，光电企业开始在中山火炬开发区聚集。2005年，在朋友的鼓励下，张有良在火炬开发区租了一间小厂房开始了自主创业。2010年10月，有19年历史的明佳光电被收购，此时张有良因为公司业务增长的需要，把厂房搬到中山港加工区。

共炫创业青春

和张有良一样，罗建华也是看中这里的智力资源和产业集聚的优势，把创业的梦想放在了这里。

中山市共炫光电科技有限公司（以下简称共炫光电）总经理罗建华早期在中山市小榄镇开过模具厂，后来到黄圃镇开办小家电企业。2010年，觉得光电产业"有利可图"的罗建华在朋友的引荐之下，开始与中山火炬职业技术学院合作做LED封装。LED中高端技术和产品也是中山光成像及新一代电子产业集群的组成部分和发展方向。

中山市光学学会秘书长、中山火炬职业技术学院光电工程系主任马跃新教授说，2011年时，光电工程系从学院内搬到中山港加工区实训区内，A幢大楼和B幢的7、8层都是光电工程系的，搬过来之后校、企可以更好融合。

马跃新说,现在有8家光电企业在孵化,共炫光电就是其中一家。光大光学跟随着光电工程系一块"长大"。早在2009年,光大光学在中山火炬职业技术学院内租了一间教室,面积约100—200平方米,简单起步。后来随着光电工程系搬至实训区,光大光学也搬入了A幢大楼。现在企业所用扩大到两层楼,面积达2000多平方米。由于产品的开发能力和加工工艺提升,产品主要销往韩国、新加坡、日本等地,配套的多是知名企业,发展进入了"快速期"。

作为中山市光电产业发展的集聚区,中山火炬开发区根据光成像及新一代电子创新型产业的成长规律,正完善"前孵化器—孵化器—加速器—产业园"孵化链条,完整创新创业服务体系,助力光电初创期企业渡过资本、技术、人才等难关,加速企业成长。

马跃新说,比如,在前孵化器方面,中山火炬职业技术学院这种"院园联合"的模式就为火炬开发区的光电产业提供了良好的条件。前孵化器是依托高等院校、科研机构、科技企业孵化器、民间组织、新型孵化组织等平台,为科技人才创业提供前期服务指导,引导和帮助潜在的创业者将构想、思路和项目通过注册企业进行产业化的孵化模式。前孵化器对于加快科技成果转化和产业化,低成本、高效率催生一批科技型小微企业具有重要意义。

中山火炬职业技术学院光电检测中心(付希华 摄)

"学校投资数百万元建立光学光电检测中心供企业使用。这对一家刚成立的企业来说，要投入这么多钱买设备是很难的。"谈起企业入驻生产性实训中心发展快速的原因时，马跃新认为，这是校、企合作起到的重要作用推动的。这种楼上楼下、"校中厂、厂中校"的模式，使得光电工程系里的老师可以是企业的技术人员，企业的技术人员也可以是学校的老师，这样就解决了企业所需的技术难题。同时，这种"零距离"的优势方便学生实训，帮了企业大忙，解决了企业"旺季招不到人，淡季留不住人"的尴尬。除了破解了人才难题之外，光电工程系还有实验室、检测设备等公共光电平台供企业使用，减少了企业的创新成本投入，帮助科技型企业快速成长。

产学研金政"五位一体"

主题特色产业鲜明、几千家企业云集，方圆十几公里范围内，既有大学、国家级产业基地、国家级留创园、各类科技型企业孵化器以及金融机构等，又得到政府各类创新机构的重视，火炬开发区的创新氛围日趋浓厚。

经过20多年的发展，火炬开发区已建成了火炬高新技术产业园、电子信息科技园、健康科技产业园、包装印刷产业园、临海工业园等工业园区，并形成了中国电子（中山）基地、国家健康科技产业基地、中山临海装备制造产业基地、中国包装印刷生产基地、中国高新技术产品出口基地、中国技术市场科技成果产业化（中山）示范基地等。经过长期的积累发展，这些基地产业链不断成熟。

火炬高新技术产业园，1992年经国家科委批复同意成立，面积5.3平方公里，由上市公司中炬高新技术实业（集团）股份有限公司和中山火炬集团有限公司综合开发、管理。自1994年6月引入第一家外资——日本富来塑料公司后，陆续引进住友、佳能、伊藤忠等世界500强企业，汽配、化工、电子信息等产业形成规模。

中国电子（中山）基地成立于2001年，其前身是国家科委、国家经贸委共同创办的中山电子信息科技园。2001年12月，在原有的中山电子信息科技园的基础上设立中国电子（中山）基地。现已吸引了纬创资通、国碁电子等大企业落户。

国家健康科技产业基地，1994年由国家科委、广东省人民政府、中山市人民政府共同创建。1995年10月30日，第一个外资企业雅柏药业（中山）有限公司在此举行奠基典礼。现已聚集了诺华山德士、九州通、三才、中智等一大批医药企业。

中国包装印刷生产基地是经中国包装技术协会、中国包装总公司于1999年10月批准成立的，是集产学研贸于一体的国家包装印刷产业基地。

在火炬开发区还有一个科技新城。这是一个具备科技创业、科技研发、科技展示、科技贸易、科技金融、科技人居等六大功能为主的科技资源密集平台。它将发展成为中山最重要的产学研合作平台和自主创新平台。

如今，火炬开发区正形成以科技新城、中山火炬职业技术学院等为创新资源中心，几大国家级基地环绕周围，各类企业创新平台集聚，构筑强大的"产学研金政"为一体的发展模式的国家级高新区，形成了正如美国亨利·埃茨科威兹博士所描述的：产业、大学、政府"三螺旋"创新模式。

二、创业者来了就不想走的城市

中山市区的起湾道与中山路是两条服务业发展的"黄金走廊"。全市高

不少年轻创业者进驻众创空间。（吴飞雄　摄）

端写字楼、酒店、金融等业态在这里集聚发展。起湾道与中山五路交汇处的盛景尚峰被誉为中山东区的中央商务区。

"今天，我们来到这里，品咖啡，谈理想，共同开启中山创客的新时代。明天，也许从这里就会走出新一代的'马云'、'马化腾'，孵化出中山的阿里巴巴和腾讯。"2015年3月25日，由中山市科技局联合有关部门致力打造的"中山创客·众创空间"孵化器正式启动，时为中山市科技局党组书记（现为局长）的尹明在中山紫马·智慧教育集聚区暨"中山创客·众创空间"启动仪式上致辞说，期望以众创空间的启航开启中山大众创业、万众创新的新局面，激发全社会的创新活力和创新潜能。

创客，这个此前对许多人来说还很陌生的词，现在却越来越火了。

2015年1月，国务院总理李克强造访了深圳一家创客公司，并为其点赞。3月，李克强总理作政府工作报告时表示，要让更多创客脱颖而出，使得创客备受关注。众创空间作为创客们思想碰撞与创业孵化的平台，更是被寄予极高的期望。

2015年3月11日，国务院办公厅发布了《关于发展众创空间推进大众创新创业的指导意见》。此举旨在加快实施创新驱动发展战略，适应和引领经济发展新常态，顺应网络时代大众创业、万众创新的新趋势，加快发展众创空间等新型创业服务平台，营造良好的创新创业生态环境，激发亿万群众创造活力，打造经济发展新引擎。

中山市委、市政府高度重视科技创新工作，成立"中山创客·众创空间"，以此作为中山市发展创新创业孵化器的整体品牌。尹明说，"中山创客·众创空间"和中山紫马·智慧教育集聚区两个项目一起启动，就是要实现强强联合，立足中山，辐射全国，与创业者、企业等携手，共同打造适宜大众创业、万众创新的优质创业生态环境。今后中山将结合新型专业镇发展，在条件成熟的镇区逐步设立各具特色的"分中心"，为个人创业和创新企业的成长提供便捷、开放的全周期产业孵化服务。

"中山创客·众创空间"的成立是中山市政府有效整合多方资源，突显包容、创新精神的实践平台。众创空间成立之时，中山市生产力促进中心联盟、中山工业技术研究院等优势公共服务平台，全球领先的汤姆森专利检索数据库、专利导航等科技创新服务资源已同步进驻众创空间，为入驻的个人

"中山创客·众创空间"成功启动,首站成功落户中山紫马·智慧教育集聚区。
(中山日报报业集团图片中心 供图)

和中小微企业提供创新服务。创业企业和科技服务机构的"精准对接",打通了科技服务"最后一公里"。

在众创空间的咖啡室里,中山果感派网络科技有限公司CEO崔勇说,他的创业项目是关于企业社交关系和管理方面的,这个项目已正式运营4个多月,早前在中山三路的利和大厦办公,2个月前搬到了众创空间。

崔勇满脸轻松地说:"在这里每个月可以省掉4000多元开支,这笔钱可以用来请一个员工了。"

在众创空间,崔勇有着"双重身份"。除了是创业者之外,他还是众创空间孵化器管理公司的负责人之一。崔勇说,此前,他在北京有过两次创业经历。第一次是在2006年,创办的是互联网项目,但一年后项目"夭折"。2012年,崔勇又一次在北京创业,但由于在北京创业成本太高,也没有坚持下来。经朋友介绍,2013年5月,崔勇来到中山全通教育工作。"在全通教育工作了15个月左右,自己又想创业。"崔勇说,当时他在全通教育是在线教育项目的总监,收入也挺可观,但公司老板听说他要创业,也很支持。

崔勇说，全通教育是"中山创客·众创空间"孵化器的运营方，众创空间就是集聚创业人才的"苗圃+孵化器+加速器"。它将立足中山，辐射全国，与创业者、政府、企业携手，共同打造适宜于大众创业、万众创新的优质创业生态环境。

"众创空间是中山紫马·智慧教育集聚区的'苗圃'加速器。企业成长后，可搬到对面的加速孵化大楼以获得更好的成长和发展。"

顺着崔勇指的方向望去，只见几幢现代化的高端写字楼正在紧张装修中。写字楼旁边正是绿意盎然的紫马岭公园。蓝天白云，让人心旷神怡。崔勇说，在中山创业很幸福。这里除了创业成本低，还有好的阳光、空气、水……

当天参观众创空间的中山市委副书记、市长陈良贤听完崔勇的介绍后，高兴地说，政府将提供更好的服务，让创业者的智慧在这里有更好的市场。这让类似崔勇一样的创业者备受鼓舞。

与大城市相比，不少科技创业者更喜欢中山的"安静"。

"虽然这里不比北上广深一线城市的创新资源丰富，但中山是一座创业者来了就不想走的城市，"崔勇感慨道。

崔勇这话，是经过在中山创业实践得出来的。如今，崔勇的创业信心更足了。

抒写创新创业故事

2015年的政府工作报告中，"创新"一词被提及近40次，政府对其重视程度可见一斑。当前，创新驱动发展已成为国家重要的发展战略。习近平总书记指出，要深化科技体制改革，释放创新活力，适应经济新常态。李克强总理要求全社会形成大众创业、万众创新的热潮。省委书记胡春华在省委全会上强调，以实施创新驱动发展战略为总抓手，推动经济结构调整和产业转型升级，是2015年和今后一个时期内全省的重大战略任务，一定要下大力气抓好。

中山正通过有效整合政府、社会和企业的资源，为大众创新创业者提供良好的空间，以形成大众创业、万众创新的生动局面，让创新创业成为新常态下经济发展的新引擎。

千千万万的科技型中小企业、中小微企业正在书写着中国创新的精彩故事。

中山爱科股份有限公司总经理卢林发就是其中一个。卢林发是留学英国的计算机专业硕士，后来又在中山大学读完计算机博士。2007年毕业回国创办了中山爱科数字科技有限公司（中山爱科股份有限公司前身）并担任总经理职务，主要从事医疗信息化技术和居家养老服务产品的研发工作。

2014年，卢林发入选国家高层次人才特殊支持计划（即"万人计划"），这是中山市首次有本土培养的人才入选该计划。

何为"万人计划"？该计划是2012年9月，国家11个部委联合出台《国家高层次人才特殊支持计划》，面向国内各领域遴选1万名具有冲击诺贝尔奖、成长为世界级科学家潜力的杰出人才，国家科技和产业发展急需紧缺的领导人才，35岁以下具有较大发展潜力的青年拔尖人才，形成与引进海外高层次人才引进计划（即"千人计划"）相互补充、相互衔接的国内高层次创新创业人才队伍开发体系。卢林发的入选填补了中山市在这方面的空白。

为了带动更多年轻人加入创业创新的队伍，卢林发与广东创业工场联合在中山火炬开发区数贸大厦成立孵化器，并将侧重点放在"创业苗圃"上，以让更多创客实现创业梦想。

作为国家级高新区，中山火炬开发区正通过着力打造"前孵化器—孵化器—加速器—产业园"完整的孵化链条，重点建设前孵化器（创业苗圃），助推"大众创业、万众创新"。计划从"创业苗圃"中培育、遴选出更多的好"苗子"进入孵化器、加速器，助"苗子"最终长成"参天大树"。

2015年10月28日，广东创业工场中山孵化器（以下简称中山创业工场孵化器）正式启用。广东创业工场是国内首家全方位软性服务连锁孵化器平台，从2008年开始，立足华南，依托巨大的制造业产业基础，一直致力于为广大创业者提供全面创业孵化和创业投资服务。自2014年开始，广东创业工场分别在顺德、南海、禅城、中山、广州、江门、珠海、深圳、东莞设立孵化器，计划在珠三角形成全方位的连锁综合孵化圈。其中，中山的创业工场设在火炬开发区。

之所以把创业工场设在中山火炬开发区，中山创业工场孵化器总经理苗黎明的理由是：中山火炬开发区定位很高端，中山现在往上快速发展的意

中山留创园内的"激情孵化梦想,创业成就未来"题字。(杨婷 摄)

愿很强,能站在一定的高度去做一些事。苗黎明说,广东创业工场中山孵化器,率先使用单个卡位注册公司,以便于吸引更多创业项目落地发展,同步引入天使投资基金,配套创业项目所需的更多服务,提供更多资源配套与本地化创业服务。

2015年是广东省科技型孵化器迅速发展的一年。2015年7月22日,广东省科技企业孵化器建设工作现场会在广州科学城召开。广东省确定,到2017年,全省建成孵化器超过500家,在孵企业超过4万家,累计毕业企业超过1万家。

在"大众创业、万众创新"的大背景下,中山的科技企业孵化器建设已是快马加鞭。2015年3月,众创空间落户中山市建设的国内首个智慧教育产业集聚区,至2015年底实现了在孵项目20多个,另有20多个项目预约入驻。同年8月,第二个众创空间——小榄聚龙创意谷也获批准设立。8月12日,中山召开全市加快创新驱动发展工作现场会,要求到2016年底,全市孵化器数量由11家增加到20家左右。中山火炬开发区在9月1日,组织召开科技企业孵化器建设工作会议,在会上公布了《火炬开发区加快科技企业孵化器建设三年行动计划(2015—2017)》征求意见稿。其中提到,中山高新区财政三年(2015—2017)拟投入4.5亿元用于科技企业孵化器建设,要求至2017年建成市级以上科技企业孵化器18家,其中包含国家级3家和省级5家。10月9日,中山市石岐区办事处印发《石岐区科技创新谷筹建工作方案》,正式启动"石岐创新谷"("石岐区科技创新谷"的简称)的筹建工作。石岐区将充分利用作为全市经济、文化、教育、商业中心和电子科技大学中山学院作为中山学术人才高地的优势地位，集聚全市科技、人才、资金等创新资源，着力打造具有全市影响力的科技创新中心，探索石岐区经济转型新路径。

在今天，全国上下正大力推动全民创业、万众创新的新局面，有效地激发了全民创业创新的内生动力。"十三五"规划为创新描绘了美好蓝图。中山市确立了全面实施创新驱动发展战略，奋力建设国家创新型城市的宏伟目标。这些都为年轻一代企业家放飞梦想提供了难得的机遇，创造了良好的条件。正如梁启超在《少年中国说》中所说，少年强则中国强。孵化器是承载年轻人创业创新梦想的重要舞台。年轻一代企业家，正为新经济发展注入新活力。

2015年10月29日晚，一场"精英有约·创业之声——中山年轻一代企业家梦想秀"在中山广播电视台演播厅举行。中山市委书记、市人大常委会主任薛晓峰殷切寄望年轻一代企业家志存高远，努力在壮大企业规模、推进产业结构升级、提高经济发展水平上积极作为，谱写更加壮美的青春之歌。

第十章
创新,才能赢未来

2015年10月26日至29日,中共十八届五中全会在京举行。全会指出,坚持创新发展,必须把创新摆在国家发展全局的核心位置,不断推进理论创新、体制创新、科技创新、文化创新等各方面创新,让创新贯穿党和国家一切工作,让创新在全社会蔚然成风。

同年10月底,国务院正式下发《关于同意珠三角国家高新区建设国家自主创新示范区的批复》,同意支持广州、珠海、佛山、惠州仲恺、东莞松山湖、中山火炬、江门、肇庆等8个国家高新区建设国家自主创新示范区(统称珠三角国家高新区),这也成为全国首个以城市群为单位的国家自主创新示范区。11月12日,广东省委、省政府在广州召开珠三角国家自主创新示范区建设启动会议。省委书记胡春华,科技部党组书记、副部长王志刚共同为珠三角国家自主创新示范区揭牌。

1990年,中山在一片滩涂上打开了一扇高科技的大门。2015年,中山又以高新区为领衔积极参与珠三角国家自主创新示范区建设,并奋力推进国家创新型城市建设。

一、"三个适宜"的提出

"鼓励创新，宽容失败"的创新氛围，使中山成为不少科研工作者乐于选择在这里创新创业的地方。

广东通宇科技股份有限公司董事长吴中林就是其中的一个。1985年，吴中林以优异的成绩考入西安电子科技大学电磁场工程系，成为村里的第一名大学生。1989年8月，从西安电子科技大学毕业后，吴中林被分配到广东省佛山市三水区西南通讯设备厂任技术员。1992年10月，调入中山市邮电局移通分局任工程师。

当时，移动通讯刚在国内兴起，设备全靠进口，不能满足业务扩大的需求。针对这一问题，吴中林提出在全系统实施"网络优化工程"，并主动请缨，承担整个工程的改造。工作中，他看到国内移动通讯事业在飞跃发展，然而其中昂贵的进口基站天线，国内暂时没有掌握关键的技术，无法生产，使他心里感到很不是滋味，激励着他集中精力投入到研制与开发基站天线中。经过多年苦战，1994年，第一根自制的移动通信基站天线终于诞生了，填补了国内的空白。

1996年底，吴中林在中山市注册成立广东通宇科技股份有限公司（以下简称通宇公司）。1998年，他正式辞掉中山市邮电局移通分局的工作，全身心投入到公司的经营中。依靠科技创新的通宇公司，20年的发展一直引领着行业。目前，已取得了发明专利、外观专利和实用新型专利等近百项，成为行业内的佼佼者。

1985年中央作出《关于科学技术体制改革的决定》。在科技体制"松动"之下，体制内的不少年轻科技人才开始跃跃欲试，带着科技成果试着"下海"。

改革开放以来，伟人故里中山更是以其海纳百川的气度，吸引了一大批来自天南地北的科研人才。其中，不少像吴中林这样的科技人才正享受着创新创业的乐趣。

中山这座城市对科技工作者来说，最大的吸引力在哪里？或许就是因为"适宜"。

2003年8月，时任中共中央政治局委员、广东省委书记张德江在考察中山时明确要求："要把中山建设成为广东省经济社会协调发展的示范市。"2004年12月21日,时任中共中央总书记胡锦涛来到中山市视察。当听到中山正在全力构建"既适宜居住又适宜创业"的现代化城市时,他非常高兴地称赞:"提得好!"

2008年,世界金融危机肆虐。工业立市多年、以传统产业为主的中山市,产业转型升级需求尤为迫切。2008年5月22日,时任中共中央政治局委员、广东省委书记汪洋到中山市进行专题调研。汪洋强调,中山要坚定不移地走科学发展之路,建设适宜创业、适宜创新、适宜居住的全面协调可持续发展的新型城市。当年9月,中山市出台《关于努力建设"三个适宜"新型城市的决定》,"适宜创新"正式进入中山市的城市建设定位之中。

创新是以新思维、新发明和新描述为特征的一种概念化过程。创新是人类特有的认识能力和实践能力,是人类主观能动性的高级表现形式,是推动民族进步和社会发展的不竭动力。适宜创新的提出,使得中山在产业转型升级的大潮中,有了新动力。创新,也成了中山这座城市的又一"标签"。

2015年9月25日,《新华每日电讯》发表了一篇题为《中办、国办公布深化科技体制改革实施方案,整体推进科改落地——科改30年再出发,从"痛点"找突破口》的文章。文章中说,9月24日,"中共中央办公厅、国务院办公厅印发的《深化科技体制改革实施方案》公开发布,要求各地区各部门结合实际认真贯彻执行,打通科技创新与经济社会发展的通道,最大限度激发科技第一生产力、创新第一动力的巨大潜能"。

"从1985年中央作出《关于科学技术体制改革的决定》以来,30年过去了;从党的十八大提出实施创新驱动发展战略以来,2年多过去了;距离到2020年进入创新型国家行列的目标只剩下5年,科技体制改革进入攻坚阶段。"

"30年,科改再出发。"

再出发,如何出发?对于中山来说,该如何在"适宜创新"方面制造自己的"亮色"?

这些年来中山的创新工作呈现出自主创新能力显著增强,专业镇集群创新呈现新格局,高新技术产业发展取得新进步,知识产权运用和保护亮点突出,创新人才队伍逐渐壮大等众多特点。但与周边城市相比,中山在创新投入、创新人才、创新平台、创新主体、创新产出等方面仍存在不少薄弱环节。

早在2008年年底《珠江三角洲地区改革发展规划纲要（2008—2020）年》（以下简称《规划纲要》）正式出台后，在围绕该《规划纲要》谈发展时，广东省政府发展研究中心副主任李鲁云建言：中山要定位在赶超中国、世界先进城市上，第一步，在国内率先建成"三个适宜"新型城市；第二步，在亚洲建成"三个适宜"新型城市；第三步，在世界范围内建成"三个适宜"新型城市。

二、企业家要敢"赌"

抓住商机，勇闯蓝海

2011年1月18日晚，"2010年CCTV中国经济年度人物"颁奖典礼在北京举行。中国明阳风电集团有限公司董事长兼总裁张传卫当选2010年CCTV中国经济年度人物。

CCTV发布张传卫获奖理由："他是一个'追风'的长跑运动员，得技术而得天下，打响风电企业美国上市第一枪；他是一个新能源信仰的布道者，以海上陆上之风电三峡，挥斥着人类愿景。"

1993年，张传卫从河南某市政府驻广东办事处主任任上辞职"下海"，拿出自己积攒的工资，又借了6000元，凑了12000元组建中山市明阳电器有限公司，开发生产输配电设备。2005年，能源行业的多年闯荡让张传卫看到了可再生能源装备的巨大发展前景，尤其是风力发电产业。于是，他在2006年6月创办了广东明阳风电技术有限公司，并紧紧抓住中国风电产业变迁大趋势，借助国际技术资源、私募资金资源和强大的技术研发实力，在中国风电制造业闯出一片新天地。

企业走得远不远，关键还是看老板。

在中国城镇化战略推进下，棕榈园林股份有限公司董事长吴桂昌"嗅"到了无限商机。棕榈园林股份有限公司（以下简称棕榈园林）是一家具有20多年经营历史的高新园林企业，是一家上市公司。多年来，该公司以优异的经营业绩被誉为中国风景园林行业民营企业的领跑者。近年来，棕榈园林在长沙、成都、贵州等通过PPP模式参与不少项目。

何为PPP？广义PPP（Public-Private-Partnership），即公私合作模式，

宇宙精密公司（缪晓剑 摄）

是公共基础设施中的一种项目融资模式。在该模式下，鼓励私营企业、民营资本与政府进行合作，参与公共基础设施的建设。利用市场手段，采取PPP等方式，发挥财政资金的引导作用，正成为我国在投资方式和投资程序上的一项改革。

吴桂昌参与运营的长沙"浔龙河生态艺术小镇"、贵阳清镇市"时光贵州"两个项目正红红火火。

经营花花草草，小桥流水式的园林公司，看似传统行业，但在吴桂昌眼里，前景却无比宽阔。

"中山模式"也很有看头

说起珠江三角洲，广东"四小虎"是津津乐道的话题之一。"四小虎"中的中山在20世纪八、九十年代"虎气"很足。中山曾出现了威力、爱多、小霸王、凯达、华捷等一大批明星企业，以及像胡志标、何伯权等不少叱咤风云的创业家和企业家。

不过在这"四小虎"中，原新华社记者王志纲较推崇顺德模式。王志纲认为，中山以国有经济为依托，不如集体经济有活力。而顺德发展模式经历了产业革命的锻炼，经过了大工业的洗礼，经受了严格而残酷的产业改造，造就了一大批现代企业家，他们是顺德最宝贵的无形资产。

可喜的是，在经济起伏的大潮中，中山开始造就一批新生代有影响力的创业家和企业家，撑起了中山产业的星空。

小肩头　大产业

广东省"优秀女企业家"、"南粤巾帼十杰"、广东省"三八红旗手"标兵、"巾帼创业带头人"、广东省"科技创新十大女企业家"、"全国杰出创业女性"、第十六届广州亚运会火炬传递中山站火炬手……松德公司副董事长张晓玲身上拥有众多"光环"。1997年6月，张晓玲与丈夫带着几名员工来到中山市南头镇，在鸡鸦水道河畔租了一间简陋的厂房，创立了松德机械股份有限公司（以下简称松德）。创业之前，张晓玲曾在国营厂里从事17年机械研究。为了尽快做出松德第一代产品，她从产品立项到研发、从图纸设计到零件的外协加工再到生产装配一线，都亲力亲为，与员工在车间里起早贪黑……

凭着这种拼劲，当年10月，松德便制造出了第一台产品，同时该产品也是当时国内首台速度高达120米/分、可替代进口产品的高速挤出复合机。该机的诞生填补了国内的空白。

"企业的发展最终还是在于创新。创新不是简单的模仿，而是要将创新的观念融入到产品中。"张晓玲说，为了能不断推出新产品，松德将每年销售收入的10%投入科技创新。

从1997年松德生产的第一台产品到被国家确认为"中国印刷机械标准委员会凹印、柔印标准秘书处承担单位"，松德先后牵头起草了3项行业标准、1项国家标准。松德从创立之日起至今，在张晓玲夫妇的带领下，几乎每两年就能推出一项新产品，始终在多样化和国产化、折叠纸盒凹版印刷机及配套工艺解决方案等高新技术领域保持国内领先地位。

"企业家要有一种'赌'的精神，赌企业的未来，赌产品的成长性。"张晓玲说，如果当初没有这种"赌"的精神，她就不可能"下海"创业，也就不可能有今天的松德。正是这种"赌"的劲，让张晓玲在创新的路上多了几分胆识，也收获了成功的喜悦。2011年2月1日，松德公司成功登陆"创业板"，成为中山市首家在创业板上市的企业，即现在有名的"智慧松德"。

轰动朋友圈的青年企业家

2015年9月22日，有一条微信在中山转发率很高。微信的内容为：9月22日，应美国总统奥巴马邀请，中国国家主席习近平将对美国进行国事访问，首站抵达西雅图。马云、马化腾、李彦宏、姜建清、万隆、鲁冠球、马泽华、田国立等国内15名企业家出席西雅图活动。其中，包括中山青年企业家协会会长、广东全通教育股份有限公司（以下简称全通教育）董事长陈炽昌等30名企业家出席洛杉矶活动。

"中山青年企业家协会会长、广东全通教育董事长陈炽昌"瞬间成为中山人的微信朋友圈内备受关注的焦点。

陈炽昌何许人也？

"2015年3月24日，全通教育涨停，截至收盘报320.65元，为两市第一高价股，已然超过历史第一高价300元的中国船舶。"这条消息，让全通教育一时成为焦点。而作为全通教育"掌门人"的陈炽昌也随之迅速走红。

跻身胡润百富榜

2015年10月，胡润研究院发布《2015胡润百富榜》，1877位资产超20亿元的富豪上榜。中山上榜的个人或家族有11个，其中4人为"70后"，木林森掌门人孙清焕首次跻身胡润百富榜成中山首富。经营的企业总部在中山的有11位富豪，除了中山市大洋电机的鲁楚平、彭惠夫妇，达华智能的蔡小如，中顺洁柔的邓颖忠家族外，另外8位均是新入榜富豪，包括木林森的孙清焕，全通教育的陈炽昌、林小雅夫妇，明阳风电的张传卫，智慧松德的郭景松、张晓玲夫妇，长青的何启强、郭妙波夫妇和麦正辉，大洋电机的鲁三平和徐海明。

孙清焕是木林森的"掌门人"，1973年生。1997年，他创建中山木林森，一直担任公司执行董事、总经理等职。2010年7月起任本公司第一届董事会董事长、总经理。木林森的主营业务是LED封装及应用系列产品研发、生产与销售。木林森于2015年2月17日上市。

深圳大学数学系毕业的陈炽昌和华南理工大学计算机系毕业的妻子林小雅，于2005年时携手创业，白手起家，创建全通教育，主要从事移动教育信息化领域。全通教育于2014年登陆深圳交易所创业板，成为股市中的"旗帜"。2015年5月13日股价更摸高到467.57元。

生于1979年的蔡小如，16岁初中毕业就开始辅助父母打理自家开设的电子元件公司。2000年，蔡小如开始主导家族公司。到达华智能上市时，蔡小如顺理成章地直接出任公司董事长，时年仅31岁。

一批新生代企业家的出现，使得中山经济焕发出新活力。

白手起家也疯狂

广东英得尔实业发展有限公司董事总经理史杰君也是"白手起家"：大学毕业后的他在公司里打拼10年，积累了10万元港币，便在中山市东凤镇开创了第一家公司。当时公司面积只有500平方米。2005年，他选址在中山市火炬开发区健康路成立广东英得尔实业发展有限公司，致力于燃气冰箱、卡车冰箱和高档酒柜等产品的研发和生产，成为国内移动燃气制冷产品和高档吸收式及直流压缩机制冷产品的领导者。2007年，公司还在创办初期，史杰君就报名就读中欧商学院在职工商管理硕士学位（EMBA），后来又攻读了中国社会科学院的经济学博士学位。

史杰君认为，企业主甚少有三种特征：第一是具有冒险精神，第二是资源整合者，第三是具有社会责任感。不具备这些特征，只能说是老板、有钱人、富人，算不上真正的企业家。"中山真正的企业家还是不多，更多的是企业主。中山不缺企业主，小榄、古镇等经济发达的镇区有很多小老板从事传统产业。传统产业并非不重要，但关键是如何转型升级，如何让企业主成为具有现代管理思想的企业家。"

史杰君说，只有优秀的企业家才能吸引优秀的团队，不可能是先有优秀的团队，再有优秀的企业家。只有优秀的企业家才能有优秀的团队，只有优秀的企业家才可以创造优秀的业绩。史杰君建议，政府应该多关注企业家群体，吸引企业家留下来变成真正的中山人，扎根中山这片土地，变成"中山籍"。

知名报人，原《经济日报》总编辑艾丰说："企业家阶层是中国几千年都没有出现过的阶层。企业家阶层形成之日，就是改革开放成功之时。"其

天富电气计划引进全自动钣金柔性生产线。(缪晓剑 摄)

实在中山,张传卫、鲁楚平、吴中林、陈炽昌、张晓铃、吴桂昌、孙清焕、蔡小如……这些企业家的名字如雷贯耳。这些企业精英各自引领的明阳风电、大洋电机、通宇科技、全通教育、智慧松德、棕榈园林、木林森、达华智能等等,正通过创新助推企业驶向远方。2008年6月19日,大洋电机在深圳中小企业板上市;2010年10月1日,广东明阳风电集团有限公司在美国纽约证券交易所上市;2010年12月3日,国内最大的非接触式IC制造商达华智能在深圳交易所中小板上市交易……

至2015年底,中山上市企业及新三版挂牌企业已超50家,如明阳风电、大洋电机、棕榈园林、松德、长青、达华智能、木林森等。一大批上市企业在国内国际市场上已大显身手。

三、中山产业多些"高精尖"

2012年9月,"首届中山国际经济论坛"在中山火炬开发区举行。论坛上,广东省人民政府参事、广东行政学院原副院长陈鸿宇教授认

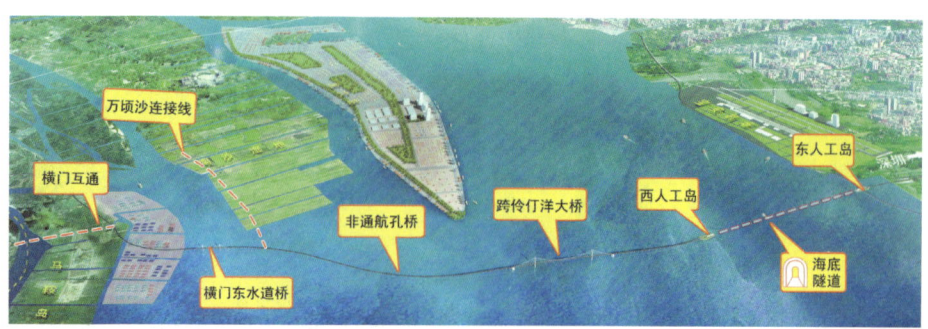

深中通道示意图（中山日报报业集团图片中心　供图）

为，一个国家拥有一个或几个"湾区经济"，将可以强有力地带动整个国家的发展。世界上几个较大的湾区譬如美国旧金山周边湾区、纽约湾湾区、亚洲东京湾湾区，都是其例。从城市经济学角度上讲，湾区概念一定意义上是大都会区概念；从产业经济学角度上讲，湾区经济是临港产业群，两者结合就形成"湾区经济"。

目前中国有三个比较大的湾区发展前景最好：一是以北京和天津为"双核"的环渤海湾区，也包括胶东半岛、辽东半岛的大连、威海、烟台；二是长江口湾区，以上海为核心；三是环珠江口湾区，城市集群和产业集群也沿着"A"字形结构分布，以广州为顶点，佛山、中山、珠海为西翼；东莞、深圳、香港为东翼。

在珠江口经济圈群雄并起的大背景之下，中山市作为珠江西岸的一个重要城市，又该如何在这湾区经济规划发展中，抓住难得的发展机遇？

中山市火炬开发区和中山市新的重大战略平台翠亨新区，与广州市南沙区一水之隔，处于南沙、深圳前海、珠海横琴三大国家级战略平台的中间点上，将来深中通道建成后，又是深圳连接珠西的桥头堡。中山火炬开发区、翠亨新区因其特殊的地理位置和较强的科技创新实力再次被摆到中山未来发展的重要位置上。

2015年，中山火炬开发区迎来发展史上两个重要的创新节点。

其一是2015年9月，国家科技部火炬中心公布了对国家高新区和苏州工业园的评价综合排名。中山火炬开发区在科技部火炬中心最近公布的对全国114个国家高新区和苏州工业园共115个单位的评价中综合排名第25名，比上一次评价前进了6名，在广东省内仅次于深圳高新区（第3名）和广州高新区（第12名），跻身全省前三甲。单项排名中，中山火炬开发区的知识创造和技术创新能力排第21名，产业升级和结构优化能力排第22名，国际化和参与全球竞争的能力排第26名，可持续发展能力排第34名。

其二是2015年10月底，国务院正式下发《关于同意珠三角国家高新区建设国家自主创新示范区的批复》（以下简称《批复》），同意支持广州、珠海、佛山、惠州仲恺、东莞松山湖、中山火炬、江门、肇庆等8个国家高新技术产业开发区建设国家自主创新示范区（统称珠三角国家高新区）。广东省委、省政府计划将珠三角国家自主创新示范区定位为国际一流的创新创业中心，打造我国参与全球创新竞争与合作的重要平台，引领珠三角链接全球创新资源，为实施国家自主创新战略探索新模式。根据《批复》，中山将以火炬开发区为主体，参与珠三角国家高新区的建设，和翠亨新区一起重点打造成全市创新驱动引领区、体制机制创新先行区、创新发展增长极等"两区一极"。对外，火炬开发区和翠亨新区两区将做好中山对接全国自主创新示范区、国内创新机构、世界先进技术等创新资源的窗口。对内，在中山市实施创新驱动发展核心战略过程中，两区将加强与深圳高新区、其他7个高新

翠亨新区成立揭牌后，不少年轻人合影留念。（余兆宇 摄）

区、珠三角城市、全国自主创新示范区、国内创新机构、高校产学研机构等的合作，同时接受世界先进技术、关键技术的转移转化；把科技创新力辐射到其他各镇区，带动其他镇区科技创新，发挥好中山创新枢纽的作用。

2015年4月21日至22日，中共广东省委书记胡春华率省委调研组到中山调研，先后到访火炬开发区和翠亨新区，深入走访恒天立信、新诺科技、安士医药、康方生物医药等厂企，了解产业发展和高新技术企业发展情况。胡春华表示，中山以1800平方公里的土地创造了全省前列的经济总量，并且多年来保持高位运行，成绩确实来之不易。但与过去相比，依靠传统发展模式所释放的能力已达到极限，实现新一轮发展必须找到新的突破点，出路就在于创新驱动。

对于翠亨新区的定位，胡春华强调，翠亨新区功能要集中到科技创新上来，规划要减负，功能要集中。今后，翠亨新区要瞄准高新技术企业来开展，进一步完善高新技术创新区的功能，把新型研发机构摆上重要日程，既提供企业所需的核心技术，也要不断孵化、培育出新的企业。

中山要在珠江西岸装备制造产业带建设中找准自身定位，明确产业发展方向。如何找准定位？一是要走高、精、尖的路子，进一步把翠亨新区中瑞工业园做实，紧盯欧美，精准招商，以商引商；二是步子大，但要"轻"一点，制造的装备产品要"轻"一点，学习瑞士走精密制造的路子，实现从制造产品向制造装备转变。

除了国家的"一带一路"战略外，中山还有自己的"一带一路"战略。中山的"一路"就是深中通道即将正式开工建设，使中山与深圳真正实现地理上的同城化，这给翠亨新区和火炬开发区的发展带来了重要战略契机，深圳高端制造业转移将首选中山翠亨新区和火炬开发区。"一带"就是推动珠江西岸先进装备制造产业带建设。2015年上半年，中山市工作母机制造领跑全省，工作母机骨干企业数量和产值分别占全省五分之一、四分之一强，位居珠江西岸"六市一区"（珠海、中山、江门、阳江、肇庆、佛山六市和顺德一区）首位。而两区的工作母机占全市的比例达到42%，发展势头良好。

在2016年新年还未到来之前，不满足于取得现有成绩的中山火炬开发区人，在创新发展方面已制定出新的目标：

第一，到2016年，规模以上科技型成长企业超过300家，创建省市级工程技术中心和技术研发中心80家，高新技术企业70家；到2020年，培育百亿元企业8个，50亿元以上企业15个，10亿元以上企业70个，各类上市挂牌企业超过50家，规模以上科技型成长企业超过600家，创建省市级工程技术中心和技术研发中心120家，高新技术企业100家。

第二，研究与试验发展（R&D）经费、科技经费投入总额和专利申请量保持20%以上的年均增速，到2016年，高新技术产品产值占规模以上企业产值比重78%，R&D经费支出26亿元，占GDP比重6%，专利申请量3000项，发明专利申请量1200项；到2020年；高新技术产品产值占规模以上企业产值比重85%，R&D经费支出30亿元，占GDP比重7%，专利申请量3500项，发明专利申请量1450项。

21世纪，知识经济已在世界范围内悄然兴起。所谓知识经济时代，无非是反映了即将到来的一个新时代中，科学知识、科学技术对经济发展的推动作用比以往任何时候都巨大。这造就了科技与经济相互促进的良性循环。

如今，行走在火炬开发区科技新城和各大园区，科技气息扑面而来。一大批国内外高校、科研机构纷纷入驻或与企业成功"结对子"，以设立国家重点实验室分支机构、博士后工作站、博士创新实践实习基地、创新团队等各种形式开展科技创新合作。海外回国创业人员也慢慢在这里聚集起来。作为以知识经济为主定位，致力打造"第四产业"城的科技新城正成为创新资源聚集的"洼地"。

而作为中山市重大战略平台的翠亨新区，经过几年的开发建设已取得新进展，并将于2016年迎来建设的新高潮。截至2015年11月，翠亨新区起步区有投产项目24个，在建项目18个，签约待建项目26个，已落户项目投资额合计约688亿元。

位于翠亨新区起步区的中瑞工业园以创新驱动、科技引领、产业高端、文化融合、生态示范为发展定位，将打造成为中瑞（欧）协同发展的重要平台。截至2015年11月，中瑞工业园实体园区累计引进了瑞士丝丝姆纺织机械、英国高普检测认证等项目共17个，合同投资总额约122亿元。还有在谈欧美项目14个，意向投资总额为1.68亿美元。翠亨新区正与中国瑞士商会等合作，紧锣密鼓筹备2016年3月瑞士招商年系列活动，争取邀请一批瑞士等欧洲地区企业参加，促成一批项目落地。

2015年7月29日，中山市召开了市委十三届八次大会，提出到2017年，火炬开发区和翠亨新区工业产值要占全市30%以上，高新技术企业数量占全市40%以上，创新型企业数量占全市50%以上。这是市委、市政府交给火炬开发区、翠亨新区的重要使命和责任。2016年是"十三五计划"的开局之年，根据党的十八届五中全会提出"创新、协调、绿色、开放、共享"发展理念，火炬开发区提出要着力创新发展，建设科技驱动示范区；着力协调发

展,建设文明和谐引领区;着力绿色发展,建设生态宜居实验区;着力开放发展,建设合作开放先行区;着力共享发展,建设民生幸福首善区等"五个区",打造中山成为承接珠江东岸辐射发展的桥头堡。站在新起点,谋划新发展。作为全市科技创新的龙头和未来发展的重要战略平台,火炬开发区和翠亨新区又站在了新的历史起点上,肩负着中山创新驱动的历史重任,阔步向前。

翠亨新区效果图(余兆宁 摄)

四、"珠西战略"

农业机械大跨步

1953年是个特殊的年份,在这一年,新中国开始实施第一个五年计划。

五年计划是中国国民经济计划的重要部分,属长期计划,主要是对国家重大建设项目、生产力分布和国民经济重要比例关系等作出规划,为国民经济发展远景规定目标和方向。

对中山来说,这一年,装备制造业悄悄地萌芽。

1953年土改之后,中山掀起了农业合作化的高潮,农业生产呈现出一片欣欣向荣的景象。当时的中山县共有120多万亩耕地,其中稻田90多万亩,每年上交给国家的公粮超亿斤,是全省响当当的"产粮大户"。中山农民的生产积极性非常高,人民在走合作化道路的同时,积极探索如何实现农业机械化的问题,以促进整个中山的农业生产大发展。省委和县委决定在中山县试办广东省第一个农业拖拉机站。

1954年11月,广东省农业厅在沙朗乡(现中山市西区沙朗)兴建中山农业机器拖拉机站。这成为全省第一个国营拖拉机站。1956年冬,时任中共中央总书记和政治局常委的邓小平率领30多位部、省、市领导干部,专程到沙朗视察拖拉机站。

1984年5月,中山县第二农机修造厂改名为中山市农机二厂。时年34岁的葛志斌任第一任厂长。葛志斌回忆道,那时大伙的干劲都很足。1987年1月22日由广东省农机鉴定站通过鉴定,省机械厅批复中山市农机二厂为生产小型拖拉机的定点厂,当年年产量为2002台。1988年9月,国家工商行政管理局商标局,批准公布中山市农机二厂小型手扶拖拉机商标为"中二牌"。1990年4月,中二牌中山—4型手扶拖拉机获"国家电子工业部机电工业节能产品"称号。

除了农业机械大跨步发展之外,1954年7月,广东省工业厅在中山市中心铁城石岐西郊兴建的粤中船厂投产。农机二厂和粤中船厂两个在当时生产"大块头"的企业,不同程度上为中山装备制造业后来的发展打下了基础。

光华轮光耀中华

关于中山装备制造业初期发展的趣事还真不少。

20世纪我国从国外先后购进四艘航母舰壳壳体,其中广州造船厂从澳大利亚购进的"墨尔本"号航母在中山港拆解,成为中国航母建造史的一段佳话。葛志斌回忆说,20世纪80年代在中山港桥下方的滩涂上的是国有企业中山拆船公司,不过他们没上"墨尔本"号航母去看看,只是在岸边远观。

对他而言,印象最深的是登上光华轮。光华轮是一艘20世纪30年代英国造的远洋客货轮,原名"斯拉贝",曾是风光一时的现代化邮轮,1959年停航报废。1960年印尼排华,大批受迫害的华侨急着回国。当时我国没有远洋船,只好租用苏联的船舶接回侨胞。租用这些船时因诸多因素而产生困难。为了方便接回侨胞,也为了趁此时机发展我国的远洋运输事业,中央政府下决心建立自己的远洋船队,并从接侨费中拨出26万英镑(当时约合人民币90万元),通过捷克的公司从希腊轮船公司买进一艘船,即后来的光华轮。

葛志斌说,光华轮对老一辈来说更加熟悉,因为印尼排华时是光华轮将华侨运回祖国的。"80年代,登上光华轮参观时,船体已拆得乱七八糟,到处是构件电缆气缆之类,舱内乌灯黑火,很不好走动。当时领头的介绍说,此轮曾运过一批野生动物,其中一条大蟒蛇途中失踪,现在拆卸,说不定从哪里跑出来,吓得我们三步并作两步走,赶紧跑……"如今,年逾六旬的葛志斌回忆起那些激情燃烧的岁月,脸上不免多了一些幽默和乐趣。

加"重"工业基础

时光如流水,岁月匆匆过。在老一辈国企员工的努力下,中山的工业基础渐渐夯实。

中山从1999年实施工业立市战略以来,工业经济得到了飞速发展。全市工业总产值从1998年的576.69亿元(不变价),逐年快速递增,到2001年突破1000亿元,用3年的时间翻一番;到2004年突破2000亿元,达到2004.4亿元(现行价),也用了3年时间翻一番,即中山市工业经济用6年时间翻了两番多,年均增长30%以上。

时间进入2000年,中山周边的一些城市在产业发展方向上开始加"重",

顺德、佛山等城市在机械制造上开始做文章。面对工业产业结构偏轻、偏小这一现实,中山需要选择一条产业适度重型化、高级化发展之路,才能更好地增强发展后劲。但承载产业重型化、高级化的平台又在何方?

2002年底,中山市委、市政府着眼中山未来发展作出了发展装备制造业的战略决策。中山地处珠三角腹地,毗邻港澳,是华南地区重要的制造业中心城市,可以发挥中山火炬开发区东临珠江口,与广州南沙一水之隔,并拥有码头和便利的陆路交通等发展装备制造业的良好区位优势,发展适度重型化装备产业。2004年12月,经国家科技部批准,中山市成立了国家火炬计划中山(临海)装备制造产业基地。

2005年1月10日,中山市政府以1号文的形式出台了《关于加快装备制造业发展的意见》(以下简称《意见》),表明市政府已把发展装备制造业提升到战略高度。该《意见》认为,应抓住当前世界装备制造业转移的机遇和国内大力发展装备制造业的良好政策环境,坚定不移地走"工业强市"和

中山制造的首艘万吨驳船成功下水。(黎旭升 摄)

"产业强市"之路,以市场为基础,选准产业突破口,实施发展装备制造业战略工程,进一步加大政府对产业发展的引导和扶持力度,从全面提升中山市装备制造业发展水平入手,制定完善并实施装备制造业发展的战略对策。

2008年是一个令不少传统制造业内企业主记忆犹新的年份。这一年下半年,一场突如其来的金融风暴考验着珠三角传统企业。

2008年底《珠江三角洲地区改革发展规划纲要(2008—2020年)》正式出台。在改革开放30周年之际,以国家名义出台的《规划纲要》,意味着呼吁多年的珠三角区域发展规划上升为国家战略。《规划纲要》中明确指出:重点支持中山发展临港装备制造、精细化工和健康产业基地。这无疑给中山临港装备制造业的发展带来了更多机会与广阔前景。

巨轮出港,驶向远方

2009年12月5日,中山临海工业园喜气洋洋,广东广机海事重工有限公司的港池里,一艘万吨驳船在与亲手制造它的工人告别。

"下水!"一声令下,巨轮冲出港池,超百米长的身躯几分钟后飘至横门东水道上。钢制运盐驳船是中山造船史上的首艘万吨级驳船,船东来自新加坡,主要用于盐矿和港口间的运输。万吨驳船的下水,不仅仅是一件订单产品的完成,更象征着中山市适度重型化产业大格局的序幕拉开。

广东广机海事重工有限公司(以下简称广机海工)副总经理、高级工程师林从飞介绍,这艘驳船,船长102.65米,宽29.2米,型深6.10米,耗费2600吨钢材,总造价400多万美元。该船起建于2009年3月28日,仅仅用了不到9个月时间就完成了钢材切割、分段装配、分段涂装、分段总组等一系列复杂工艺。更为难得的是,这艘船是在一边建设工作船码头的同时一边建造的,其船台周期仅用了78天,这在新船厂中属于少见的高效率,堪称一个奇迹。

当天,响彻云霄的鞭炮声打破了临海工业园的"宁静"。

"我们来时,这里还没有路,我们算是最早落户的企业了。现在路通了,企业也越聚越多了,我们的厂房也在不断扩容。"林从飞回忆当时广机海工刚刚落户临海时的情景,仍然历历在目。广机海工可以说是落户临海工业园的"先头部队"。广机海工是由广东省机械进出口股份有限公司(GMG)控股组建,以海洋工程装备和特种用途船舶研制为主业的中外合资有限责任公司,在中山市和火炬开发区的大力支持下于2007年6月26日正式挂牌成立,主要经营特种船舶、高性能船舶以及海洋石油勘探用钻井平台、海上浮动体及其结构件的建造等。

如今临海工业园成为翠亨新区先进"智"造区的一部分。这块承载中山产业升级的大舞台,已吸引了广新海事重工、粤新海工、中船集团船舶制造、中机建设重型钢构、中泽重工海水淡化设备、中铁南方装备基地、香港立信纺织染整机械、纬创资通液晶光电、中铁大桥局中山基地等一批大型央企、民企和外企项目进驻。

正如当初所愿,这个靠海的地方已成为巨头企业的聚集地。曾经的围垦滩涂,如今变成了"黄金海岸"。伶仃洋畔,中山"产业航母"正驶向远方!

创新驱动加速"珠西战略"

2015年,《中国制造2025》的出台为我国先进装备制造业的发展描绘了蓝图。打造珠江西岸先进装备制造产业带是广东省委、省政府实施的"珠西战略"。珠江西岸"六市一区"正抱团合作,联手打造广东先进装备制造区域品牌。

作为珠西"智"造的重要展会平台——首届珠江西岸先进装备制造业投资贸易洽谈会(以下简称装洽会)于2015年8月22日至23日在珠海国际会展中心举行。

从珠西"六市一区"来看,作为第一梯队的佛山、珠海势头劲猛。而江门、阳江、肇庆这三个"小兄弟"城市,虽然发展起步晚,基础较薄,但具有丰富的土地、矿产、港口等天然资源,加上"粤桂黔高铁高经济带"的规划等战略机遇,这三个城市的发展潜力大,后劲足。而作为起步早、但受土地资源不足等条件束缚的中山,在新一轮经济发展中,创新驱动显得尤其重要。

2014年1月11日,具全球影响力的英国《经济学人》刊文报道了佛山、顺德、中德工业服务区,对中德工业服务区打造仿真欧洲的做法给予肯定。

2015年9月10日至12日,首届中国(广东)国际"互联网+"博览会在佛山市中欧中心举行,以"智汇佛山,互联未来"为主题,众多高新互联网技术与先进制造业产品汇聚一堂，提高聚合度，促进企业之间的交流。

此次"互联网+"博览会举办之前，国资委商业科技质量中心研究员罗天昊所撰写的《中国需要佛山模式》一文，被腾讯、新浪、和讯等全国数十家媒体及佛山本土媒体转载，不到半天，在今日头条上的阅读量已超过10万人次。这让佛山"火"了一把。

为何研究"佛山现象"成为一种现象？这随即在"朋友圈"内引起了热议。

多篇文章强调：佛山没有山西那样丰富的资源，没有深圳那样的特区优势，也不是北京和上海这样获得权力体系垂青的直辖市，但是，30余年的静水深流，佛山已悄然成就浩大，走出了一条独特的佛山模式发展之路。而正是由于没有什么先天的优越条件，佛山的崛起，对于中国多数城市的发展之路而言，更具借鉴意义。

考究佛山模式的核心在于四点：坚固厚实的实体经济、强盛丰茂的本土经济、富有活力的民营经济，三大主体，承载佛山；一个特色，即内生式发展。这是佛山区别于其他国内经济重镇最显著的特色，只有唯一，没有之一。

由"佛山现象"的大讨论，我们把目光转回伟人故里中山。站在珠江口经济圈这个大舞台上，在新一轮经济大潮中，中山又该如何发力，特别在先进装备制造业方面，又如何融入珠西战略？

2015年11月5日，中山蓝天白云。位于中山三路的希尔顿酒店，与往常有点不一样，这一天，上上下下的电梯里多了一些"金发碧眼"。

第24届中日欧韩美造船企业高峰会议就在这里举行。中日欧韩美造船企业高峰会议是世界主要造船企业首脑每年举办的最高级别会议，是全球造船界最高级别的企业间经济、技术交流与合作的重要舞台和重要机制。当天会议吸引了中国、日本、欧洲、美国、韩国55家造船企业巨头100多人参加。其中，世界排名前十的造船企业悉数参会。中山市正借举办这次顶尖盛会的机遇，更好地对接世界资源，助力自身转型发展。

其实，除了央企、外企中的大型装备制造企业扎根在中山发展之外，中山不少民营装备企业也正融入装备制造业发展大潮中，积极对接全球资源，加大自主创新，走上一条快速发展道路，不少已成为行业内的"隐形冠军"。

牵好科技创新的"牛鼻子"

初冬的暖阳,让来自印度的周思恩感到非常舒服。周思恩在中山市卓梅尼控制技术有限公司(以下简称卓梅尼公司)从事研发工作已近10年,为此他专门给自己起了一个"周思恩"的中文名。"打开系统,卓梅尼公司分布在全球的产品运行情况便一清二楚。"2015年11月27日下午,周思恩坐在电脑前演示他们的远程系统。

位于中山市东区槎桥路19号的中山市卓梅尼控制技术有限公司厂房不大,从外观看并不起眼,但这却是一家典型的"高精尖轻"类装备制造业企业,其电梯产品在国外市场颇为"吃得开"。

"这套系统现在在欧洲开始试用了,2016年3—4月份计划正式推出。"中山市卓梅尼控制技术有限公司电子电气部经理林文峰说,历经三年研发的ECOPRO+电梯控制系统已经拥有13个发明专利、20个实用新型专利,目前还有2件发明专利、2件实用新型专利正在受理中。"随着研发的深入,这套系统计划申请的总专利数将达近70项,其中发明专利数占一半。"

卓梅尼公司的三楼,整层都用来作研发中心。"这是新引进的红外热成像仪,只要对着电梯扫一扫,有无故障就知道了。"林文峰介绍他们的这些新"宝贝"。

"这些就是我们新研发的电梯控制系统,在电梯上我们将嵌入超薄的液晶显示器,同时与互联网技术结合,可以实时播放新闻及各类节目;而且电梯楼层的显示数字,可以通过控制器调换不同的颜色。"林文峰介绍,这个新系统除了在"硬件"方面创新之外,更重要的是在"软件"方面下足了功夫。

林文峰说,这个系统可以预先警告电梯故障,并进行远程实时监控、维护。比如,在中山就可以清晰了解欧洲那边的电梯运行情况,而且还可以通过系统对电梯运行进行调节。在维修方面也可以进行模块化、标准化,减少了后方维护的难度。

ECOPRO+电梯控制系统技术从2012年开始研发。这个系统主要针对欧洲市场,30多人的研发团队花了3年多时间研发出来。研发人员来自印度、德国等不同国家,可以说是利用全球创新资源。在卓梅尼公司的研发室里还专门设立了一个"驼峰书店"。员工觉得哪本书好,想买,只要提供一个书单,公司就帮忙买过来。大家看完后,把书放在这个"驼峰书店"里,还可以进行交换阅读。

像周思恩这样的长期外籍研发人员占卓梅尼公司研发人员总数的十分之一左右。周思恩坦言,这种轻松友好的创新环境让他工作起来很舒服。

中山市卓梅尼控制技术有限公司成立于2000年,是一家在德国模式下运营的专业公司,以其优质的产品在客户群中享有盛名。经过10多年的发展,已经形成过硬的产业化能力,确立了在微电子控制系统开发以及成套电子软硬件产品生产领域中的领先地位。

林文峰介绍,公司的产品远销德国、澳大利亚、印度、新加坡等全球50多个国家和地区,并与许多跨国公司如蒂森集团、通力、富士达等建立了良好的长期合作关系。其产品广泛应用于国家级重点工程,如北京奥运馆、中国科技馆、首都机场、上海世博园、印度新德里机场、新加坡度假村、迪拜帆船酒店等。

由卓梅尼公司主导的"多兼容群梯控制系统研发及应用"还获得过2013年度中山市科技进步奖一等奖。卓梅尼公司的"广东省一体化电梯智能控制系统工程技术研究中心"成为2014年新认定的省级工程技术研究中心。2015年,卓梅尼公司还获得"2015年省协同创新与平台环境建设专项"。卓梅尼公司已形成"国内领先、国际同步"的新产品开发机制和产学研一体化的技术创新体系,被评为"广东省高新技术企业"、"中山市装备制造业重点企业"。

由于紧紧牵住了科技创新这个"牛鼻子",卓梅尼公司在市场中一直处于领跑状态。"虽然难免受到经济大环境的影响,但我们的市场仍然保持较快的增长,靠过硬的技术在国外市场上更是打开了一片新天地。"中山市卓梅尼控制技术有限公司总裁莫礼说。

装备制造业加快步伐

自2005年,中山市人民政府出台了《关于加快装备制造业发展的意见》以来,到2015年,中山装备制造业正好经历了10年的发展历程。10年过去了,中山装备制造业的发展也步入了一个快速发展期。特别是在船舶制造方

中山市卓梅尼控制技术有限公司生产车间一角（丁艳晓　供图）

面，中山拥有"省市共建战略性新兴产业——中山市海洋工程装备产业基地"，这是广东省海洋经济综合试验区主体区之一。近年来海洋经济加速发展，形成了以海上风电、海水淡化、海工钢构、海上施工、辅助船舶、港口设备、平台设备等为主体的海洋工程装备制造产业。2014年，中山近50家海洋工程装备及船舶企业实现产值约200亿元。同时，引进了含9个大型央企与世界著名跨国公司在内的38个项目，项目投资总额约600亿元，预计全部达产后实现年产值约2000亿元。

得益于一批造船企业的安家落户和快速成长，中山的装备制造业得到了长足发展。数据显示，2015年1—9月，中山规模以上装备制造业实现工业增加值304.8亿元，同比增长14.3%，总量和增速位居珠江西岸"六市一区"前列。代表"高精尖"装备的工作母机制造业发展迅速，至2015年底，中山共有工作母机入库企业145家，比2014年增加46家。在智能制造业方面，中山3年安排9亿元引导企业加强技术改造，全力提升智能制造水平。2015年以来，先进制造业与高技术产业投资增长近5成，技改（技术改造）投资在

2014年增长70%的基础上，2015年前三季度持续高速增长83.4%，占工业投资近一半。

近年来，中山整合了东部沿海区域共230平方公里土地，设立省级经济发展新区——翠亨新区。中山正立足于将翠亨新区打造成为高新技术产业集聚区，加快发展先进装备制造业与高新技术产业。

围绕"高精尖"的发展目标，中山正加大技术改造、智能制造等步伐。下一步，中山将加快实施"互联网+"制造行动计划，推进制造业智能化改造，建设智能车间、智能工厂，提高精准制造、敏捷制造的能力。通过走高精尖装备制造业的路子，做大做强先进装备制造业，力争到2017年，全市装备制造业实现产值3000亿元，2020年向5000亿元冲刺，培育5家百亿级龙头领军企业，50家十亿级重点优势企业。

乘着"一带一路"和《中国制造2025》国家战略的东风，中山贯彻广东省委、省政府智能制造发展规划和珠西先进装备制造产业带建设部署，瞄准海洋工程装备、风电装备、光电装备、智能制造装备、北斗应用及物联网装备、包装印刷和纺织等专用设备、电梯等优势装备产业集群精准发力，取得了令人瞩目的成效。在当前扩大对外开放的大环境下，中山将进一步对接全球技术、资本、市场，融入世界顶尖科技创新浪潮，为装备制造业发展积蓄后劲和动力。

五、创新之树常青

老厂房隐藏新科技

在中山火炬区逸仙路7号，有一幢标有"TCB工业轴承"字样的老式厂房，从外面看并不起眼，然而这个企业的装备科技人凭着一股韧劲，使老外们对他们生产的轴承频频点头。

算起来，中山市盈科轴承制造有限公司（以下简称盈科公司）已有近50年历史，在1999年由中山轴承厂转制成立。盈科公司的总经理是轴承方面的专家，早年在原国家机械工业部洛阳轴承研究所工作。他深知，公司不走技术发展道路就是死路一条，因此改制后一直紧紧把握技术这一核心。

2003年，瑞士的一家电梯公司因开发新机型需要配套产品而在全球公开竞标，以便选择轴承企业。该公司是世界第一大自动扶梯生产商，同时也是世界第二大电梯供应商，对参加竞标的企业产品要求很严格。当时竞标的三家公司中，两家是全球知名的轴承生产企业，盈科公司看起来并不具备竞争优势。然而，最后胜出的是盈科公司。

最开始，这家瑞士电梯公司只给盈科公司几十套订单，后来才慢慢增加到几百套、一千套、上万套、20多万套……订单逐年递增。渐渐地，盈科公司在行业内积攒了一定的知名度、信誉度和优势。

盈科公司副总经理王冰是该公司的技术带头人之一，也是教授级高级工程师，还被评为中国轴承工业冷加工技术专家、中国轴承工业科技专家。她带领的团队曾在技术层面多次解决军民用轴承设计、制造技术难题，并主持多项省部级科技项目和国家标准制定。谈到大环境对盈科公司有无影响时，副总经理王冰笑着说："其实外面经济环境怎样，我们一点感觉都没有，我们的订单比较多，员工天天加班，没有危机的感觉。"现在经常有客户到他们办公室催货。为了提高产能，公司已陆续购进了一批新设备，还准备找地扩建新厂房，提高产能。"企业的员工稳定性将近100%。有了一支稳定的技术队伍，企业的创新就好办了。"2012年，盈科公司还在行业内被评为最具抗风险能力的企业。

2015年，由盈科公司主持的"高速重载电梯曳引系统反绳轮轴承单元"项目成功列入广东省应用型科技研发专项资金项目。

王冰坦言，盈科公司的创新成绩离不开中山市、中山火炬开发区两级政府的鼓励以及在创新环境、人文关怀和配套扶持政策上的支持。特别是在科技成果评价和奖励方面，企业自主立项的科技成果，不论是否属于政府立项项目，都能够在同一平台上进行评定，只要有创新、有突破、有实效，也能得到政府认定并授予奖励，这大大增强了企业与一线科技人员创新的原动力，令他们这样的中小企业科技人员能够在"敢为天下先"、"英雄莫问出处"的创新氛围中心甘情愿地付出。

2015年，王冰被评选为全国劳动模范和广东省创新型劳动者中的杰出代表，并在9月3日，作为广东省9名受邀的全国劳模之一，赴京参加天安门广场前举行的纪念中国人民抗日战争暨世界反法西斯战争胜利70周年大会。这是对科技创新劳动者最大的鼓励和嘉奖。

创新贯穿全年

2015年,创新从年初到年尾贯穿始终。这一年从中央到地方,从政府到民间,创新话题从未间断过。2015年9月17日—19日,2015第十届中国(中山)装备制造业博览会及华南(中山)先进激光暨加工应用技术展览(以下简称装备展)在火炬国际会展中心举办。中国光学学会激光加工专业委员会主任王文良说,在这次展会上,全球前五名的激光企业来了四家,国内前十名的基本到齐,可以说阵容强大。"以前要组织激光主题展至少要提前一年去筹划、组织。而中山这次激光展只用了3个月的时间筹备。"

激光技术是20世纪与原子能、半导体及计算机齐名的四项重大发明之一。激光加工作为先进制造技术已经广泛应用于几乎所有的制造产业。深化激光应用,促进激光产业各细分领域之间、激光技术与其他产业的融合发展,带动传统装备制造产业转型升级,已经势在必行。基于这一大背景,第十届装备展特意融入"激光元素"。

早在2012年9月,广东省经信委与中山市政府就签署框架协议,省市共

先进的生产线(缪晓剑 摄)

建战略性新兴产业基地——中山光电装备与产品制造产业基地。据估算，中山市各行业每年对光电产品的需求规划超过100亿元。

王文良说，激光技术是提升传统产业的重要技术，是推动经济发展的重要新引擎。中山产业链配套完整，中山市发达的光学配件、五金加工、电器机械、制造装备、工业设计、模具制造等产业可为光电产业的发展提供完善的生产配套。而电子信息、医疗器械、家具家电、五金加工、包装印刷、纺织服装等产业则为光电产品的应用提供了广阔的市场空间。

另外，2015年，中山在创新方面有很多"猛料"：第16届古镇灯博会期间，同时启动了广东规模最大的灯光文化节，短短几天时间里，近180万人次参与；中山地球卫士环保科技有限公司生产的"光伏太阳能发电工程"让中山居民实现不仅不用交电费，多余的电还可以卖的愿景；中智药业控股有限公司董事局主席赖智填获"2015中国医药经济年度人物"，该公司的破壁技术引起国际的关注；中山市工程师学会第一届第一次会员代表大会召开，中山市卓梅尼控制技术有限公司总裁莫礼当选为中山市工程学会第一届理事长。莫礼说，工程师学会的成立旨在为中山的科技创新、经济发展献计献策。停办多年的沙溪服博会在年底以"中国（沙溪）服装电子商务交易会"的形式重新登上舞台。开幕式上，沙溪、小榄、大涌三镇宣告正式成立中山市服装产业联盟，成为中山市首个由政府牵头成立的跨区域性行业产业联盟……

如果用一个关键词来概括2015年的中山，"创新"两个字是最准确不过了。

"没有最快、只有更快。"2015年6月3日，苏炳添在为"今日中山"代言时写下这样的一句话。苏炳添，这位"85后"的中山市古镇镇年轻人成为中国年轻一代的偶像。2015年5月31日，苏炳添在国际田联钻石联赛美国尤金站决赛中以9秒99的成绩获得百米短跑季军并打破由张培萌保持的10秒整的全国纪录。2015年8月23日北京田径世锦赛男子100米半决赛上，苏炳添以9秒99平全国纪录，职业生涯中第二次叩开10秒大关，获得小组第四。

与苏炳添的速度一样，2015年中山在创新工作方面更是快马加鞭。

2015年4月21日至22日，中共广东省委书记胡春华率省委调研组到中山调研，要求中山坚定不移依靠创新实现新一轮发展，并对中山市建设翠亨新区、发展新型专业镇、打造珠江西岸先进装备制造产业带等工作作出重要指示，为今后一个时期内中山市的发展指明方向。2015年7月29日，中山召开市委十三届八次全会，会上将创新驱动确立为全市核心发展战略。2015年8月12日，中山召开全市加快创新驱动发展工作现场会，为此提供了更加明确的路径，明确要以知识产权、新型研发机构、科技企业孵化器、高新技术企业为"四大抓手"，以此实现全市创新链条的成长，提升区域创新层级。中山市委书记、市人大常委会主任薛晓峰在当天现场会上提出，中山将紧紧围绕"四大抓手"推动创新驱动发展战略落地生根、开花结果。

"四大抓手"表现的是创新链条上四大创新要素的关系，它反映了从实验室专利到市场产品、从基础研究到应用研究、从创新团队到成为企业这一创新发展的全过程，体现的是创新发展的内在规律，"形象一点说，'四大抓手'其实就像是一棵树，知识产权是树根，新型研发机构、科技企业孵化器是枝干和树叶，高新技术企业是果实。整棵树只有根系发达、枝繁叶茂，高新技术企业才能硕果累累。"

实施创新驱动发展战略成为推动中山新一轮发展的根本战略。中山要以创新驱动为核心动力，奋力创建珠三角科技创新强市和国家创新型城市。按照目标规划，2016年底，中山高新技术企业将由2014年的219家增加到500家左右，新型研发机构由2014年的8家增加到20家左右，孵化器数量由11家增加到20家左右，提前一年实现广东省委、省政府提出的目标任务。

创新从未停步

其实，创新在中山一直没有停步。

早在1995年9月，在全国科技兴市工作会议上，中山就被国家科委评为全国科教兴市先进城市之一。自2002年以来，中山已连续六年获评"全国科技进步考核先进城市"称号。2011年6月16日，中国中山（灯饰）知识产权快速维权中心在古镇镇挂牌成立，这是国内首个设在镇级行政区内、针对单一行业的知识产权综合服务机构。2011年8月，广东省政府召开全省知识产权工作座谈会暨广东省专利奖励大会。会上通报了奖励广东省获得第十二届中国专利奖单位，宣读了关于表彰2011年度广东省专利奖的决定。中山市隆成日用制品有限公司分别获得1项中国外观设计优秀奖（全省共13项）和1项

中山市领导带队深入中山工业技术研究院实地考察。（吴飞雄 摄）

省专利金奖（全省共13项），这是中山市首次获得国家专利优秀奖及广东省专利金奖。2014年在城市综合创新能力排名中高层全国地级市中，中山名列第四位。2015年4月13日，中山被国家知识产权局评定为国家知识产权示范城市。

2015年年底，还有一个好消息：施工一年多的中山城区博爱路景观路下穿隧道全面完成并正式通车。如今博爱路已接上翠亨快线，10分钟左右的车程即可到达中山翠亨新区，"一城双核"进程加速，如果再接上未来开通的深中通道，中山到深圳的时间可缩短至半小时车程……

翠亨新区，南、北、西三面环山，东面向着珠江口。在2011年辛亥百年纪念时，中山市委、市政府发布了一个战略构想——建设翠亨新区。翠亨新区选址建于中山东部沿海，范围包括中山市南朗镇、横门岛及东部临海区域，总规划面积约230平方公里，其中集中可建设用地约80平方公里。按照科学谋划、从容建设、乘势推进、打造精品的总体要求，中山市加快推进中山翠亨新区的开发建设，实现"五年夯实基础、十年初具规模、二十年成效显现"的发展目标。

建设翠亨新区是广东省委、省政府立足全省发展大局和推进珠三角经济一体化进程作出的一项重大战略部署。翠亨新区依托伟人故里的独特优势而建设，对于更好地凝聚海内外华人智慧和力量，进一步推动中山市乃至珠三角地区的对外开放水平具有重要意义。

100多年前，在国破山河碎的危难时代，孙中山先生从家乡翠亨村出发，远涉重洋、辗转九州，义无反顾地追逐世界潮流，以"敢为天下先"的胆识和胸怀，率先发出了"振兴中华"的时代强音。100多年后的今天，在党的领导下，举国同心共筑"中国梦"的历史时刻，中山人民以翠亨新区扬帆起航为契机，赋予伟人故里建设与发展的新内涵，努力追随中华民族伟大复兴的时代脚步。

珠江潮涌新帆起，伶仃洋畔宏图开。

2013年3月25日，中山翠亨新区成立暨重点项目签约仪式在翠亨新区规划馆举行。翠亨新区的成立，弥补了中山没有重大战略发展平台的缺憾，将对中山的未来发展起到重要的支撑作用。翠亨新区是中山市立足长远发展，倾力打造的重大战略平台，将引领中山从以岐江河为主的"江河时代"向依托伶仃洋的"海洋时代"跨越。

作为中山市发展的重要战略平台，翠亨新区将来对接深中通道，助力打造中山的未来，未来的中山。翠亨新区自挂牌成立以来备受关注，新区已成功向目标迈出坚实的步伐：国家级海峡两岸交流基地获批，与澳门共建粤澳全面合作建立示范区，深中通道利好消息不断传来……

中山市位于珠江三角洲中南部，珠江口西岸，北连广州，毗邻港澳，旅居世界各地海外华侨和港澳台同胞80多万人。今天的中山，更是以占广东省1%的土地面积，2.7%的人口，创造了占全省4%的生产总值。中山的经济总量连续多年保持广东省第五位，城市综合竞争力排名位于全国大中城市前列。

据权威机构评价，中山已成为经济发达地区环境最优美、宜居，在环境优美、宜居的地方经济又比较发达，在开放的城市中较为和谐，在和谐的城市中又保持创新精神的城市。

一条以文化引领、生态优先、产城融合、智慧创新、和谐善治的珠江西岸特色新型城市化之路，在中山大地上不断延伸。

后　记

"读万卷书，行万里路"是古代中国的一种求知模式，亦是古人自我修养的途径。

每一次旅行回来，我总能有所收获。人仿佛电脑重启一般，再次操作起来速度要快一点。

而这一次"旅行"却始终有点忐忑不安。这是一次特别之旅，既是对自己从事媒体工作以来采访的一次大梳理和再创作，也是对中山经济发展史、科技创新史、创新驱动发展战略史的一次学习、探究。《从"新"出发——中山市创新驱动全景纪实》一书，真正动笔是2015年国庆假期开始。记得这次国庆假期台风很猛，我正好把自己整天关在书房里。书稿写到11月底基本完成。

写作是门苦差事。在这两个月里，除了正常的工作之外，其他时间我基本处于"闭关"状态。可以说，这本书是用两个月"速成"的，也可以说是十年"陈酿"，因为书中有很多描写对象和创新案例都来自平时的采访积累。之所以忐忑，是由于本人知识水平有限，书中错漏在所难免。在这里恳请各位领导、专家学者、媒体同行、读者朋友们批评指正。

在中山，我经常会选择周末登云梯山、烟墩山、紫马岭、华佗山。每次到这四个公园，我总喜欢登上山顶远眺。在南朗云梯山顶上可远望珠江口，大海茫茫一片，视野开阔。这里是中山人最早与大海接触的地方。比如古代

作者采访93岁高龄的创伤外科学家、烧伤学家、中国工程院资深院士盛志勇教授。
（黎旭升　摄）

"海上丝绸之路"、晚清有名的"下南洋"，香山人就是从这里登上船，开始与世界接触的。如今，这里又将成为中山参与珠三角湾区经济竞争的重要战场。烟墩山公园位于岐江河畔。新中国成立后，特别是改革开放以来，中山的工业、商业主要在这一带布局，包括知名的拖拉机厂、粤中船厂、咀香园、凯达精细、华捷钢管等工业企业，以及富华酒店、国际酒店、孙文西路步行街等商业品牌。它们成就了中山最早的"沿江经济带"。在紫马岭公园塔顶，可360度环顾中山市区的新风貌，城市美得如一幅画。站在华佗山公园的塔上，则视野更为开阔，除了目睹中山火炬开发区日新月异的变化之外，还可远望中山东部及珠江口。

这四个公园，四个"圈"，讲述着中山的过去、现在，展望着中山的未来。中山从珠江口出发，自岐江河发迹，再向各个镇区延伸，然后又重新站在了珠江口前，奔向未来。

从事媒体工作的这些年，我一直保持一个习惯：每次领到一本新的采访本，总要在本子的最前页写下"新闻在路上"以及所领日期。

这样做没有别的意思。一来是鼓励自己在新闻路上要保持奔跑；二来是便于日后查阅。这些采访本一直保留下来，堆起来已有2到3米高了吧。

在此书前期策划、后续编撰等过程中，中山市委政策研究室吴剑安主任等提供了宝贵的建议，广东人民出版社中山出版有限公司总经理何腾江、总编辑李锐锋、同事郭锦润等给予了很多帮助。因书中涉及的时间跨度大，除了自己亲历的一些事件外，还参考了前辈们的著作，同时也借鉴了同事、同行的相关报道，并得到了广大通讯员朋友的大力支持，在此一并致谢。

谭华健

2016年1月1日